人情めし江戸屋
死闘七剣士

倉阪鬼一郎

コスミック・時代文庫

この作品はコスミック文庫のために書下ろされました。

目次

第一章　悪夢の道場破り

一

「たとえ道場といえども、土台となるのは銭だからな」

蕎麦屋の座敷で、道場主とおぼしい武家が言った。

「それを聞いたら、芳野東斎先生が渋い顔をされるかも」

一緒に来ている武家が言う。

「東斎先生は清廉潔白だからな。銭だけ持っているあきんどなどは門人にしたがらぬ。しかし、それではわが実入りが薄くなってしまう」

道場主が顔をしかめた。

松川町に自彊館という柳生新陰流の道場がある。芳野東斎はその道場主だ。

「道場の実入りが薄くなれば、師範代のそれがしのふところも潤いませぬ」

武家がふところに手を入れるしぐさをした。

「さよう。男芸者まがいと陰口をたたかれようが、銭を持っているあきんどをいい気分にさせて、巾着（きんちゃく）の紐（ひも）をゆるめさせるのがいちばんだ」

道場主が言った。

「『その調子でござる！　いい剣筋でございますなあ』」

師範代が声をつくった。

「ははは、それでまたもうかるぞ」

道場主が笑った。

その様子を、蕎麦屋の片隅からじっと見ている三人の客がいた。

いずれも若い武家だ。

蕎麦味噌を肴（さかな）に呑んでいた客の一人が座敷のほうを指さす。

その表情は苦々しげだった。

一人の客が小声で何か言った。

最後の客がうなずく。

そして、鋭いまなざしで座敷を見た。

二

「その調子でござる！」

薬研堀（やげんぼり）の道場に明るい声が響いた。

「いい剣筋ですなあ。腕が上がりましたぞ」

竹刀（しない）を構えた道場主が白い歯を見せた。

「それ、もうひと踏ん張り」

額から玉の汗を流している門人に向かって、師範代が言った。

蕎麦屋の座敷で銭もうけの話をしていた二人組だ。

「はいっ」

だいぶ腹が出た門人が竹刀を構え、やおら打ちこんでいった。

大店（おおだな）のあるじで銭は持っているが、腕はからっきしだ。心ある剣士が見たらたちどころに罵声（ばせい）を浴びせるかもしれない。

しかし、もうけ第一のその道場は違った。

「その調子でござる！」

道場主がまた歯の浮くような追従の言葉を発した。

「こ、これにて」

息が上がったあきんどが肩で息をしながら言った。

「では、終わりましょう。いい稽古でござった」

道場主が破顔一笑した。

そのとき……。

「頼もう」

野太い声が響いた。

濃紺の道着をまとい、木刀を提げた武家が二人、のしのしと大股で入ってきた。

「お手合わせ願いたい」

初顔の男が木刀をかざした。

「当道場では竹刀にて稽古いたす。木刀は型のみだが、それでもよろしいか」

道場主が答えた。

「では、型のみにて。それがし、破邪顕正流、星月真言斎と申す」

見るからに力のありそうな剣士が名乗った。

「同じく、権藤新之丞なり。いざ手合わせを」

上背こそないが、がっしりした岩のごとき体つきの剣士が前へ一歩進み出た。

「型のみでござるぞ。よろしいな？」

道場主は念を押した。

「相分かった」

権藤新之丞が答えた。

「では、それがしから。いざ」

星月真言斎が木刀を構えた。

「お頼み申す」

道場主が相対した。

師範代も門人も、おのれの稽古を止めて成り行きを見守った。

道場破りが来るなど、ついぞないことだった。どこにでもある町道場で、とくに名が轟（とどろ）いているわけでもない。

二人の武家はなぜわざわざやってきたのか。しかも、ただならぬ殺気めいたものを放っているのか、そのわけはほどなく分かった。

「鋭（えい）っ」

星月真言斎は勢いよく木刀を振り下ろした。

むろん、型だ。そういう約束になっている。相対する道場主の頭上で、木刀は正しく止まった。

だが……。

三度目は違った。

「きえーーーーーーい！」

道場破りは、化鳥（けちょう）のような叫び声を発しながら宙に舞った。

勢いよく床を蹴り、木刀を振り上げる。

そして、悪鬼のごとき形相（ぎょうそう）で思い切り振り下ろした。

目にも止まらぬ素早い動きで振り下ろされた木刀は、道場主の脳天をしたたかに打った。

ぐしゃっ、と鈍い音が響いた。

硬い樫（かし）の木刀は、道場主の頭を一撃で打ち砕いた。

「先生！」

師範代が目をむいた。

そこへ、もう一人の剣士が襲いかかった。

権藤新之丞だ。

「死ねっ」

殺気を漲らせ、素早く間合いを詰めて木刀を振り下ろす。

初めのひと振りはどうにか受けた。

だが、それまでだった。

脳天まで痺れた師範代に、押し返す力は残っていなかった。

「食らえっ」

渾身の力をこめて、権藤新之丞は木刀を振り下ろした。

それは師範代の頭蓋をたちどころに砕いた。

悲鳴が放たれた。

あきんどの門人たちが右往左往する。

「武家の恥、思い知れ」

星月真言斎はさらに木刀を振り下ろした。

床に倒れた道場主の頭を二度、三度とたたく。

額が割れ、血がほとばしる。

もう息がないことはひと目で分かった。

道場主も師範代も息絶えている。

「思い知ったか」

そう言い残すなり、恐るべき道場破りは凶行の場から飛び出していった。

三

自彊館は深い憂色に包まれていた。

道場主の芳野東斎はじっと腕組みをしたままだ。

悲報がもたらされた。

薬研堀で道場を営んでいた弟子が道場破りに遭い、あえなく落命してしまったのだ。

「星月真言斎と権藤新之丞、その名に心当たりは？」

月崎陽之進がたずねた。

南町奉行の隠密廻り同心で、柳生新陰流は免許皆伝の腕前、ここ自彊館でも折にふれて汗を流している。もはや既存の流派には収まらぬほどの剣の達人で、その名から採った陽月流の達人ともささやかれている男だ。

「いや、まったく心当たりは」

白髯の道場主は首を横に振った。

「堂々と本名を名乗る道場破りというのは、いささか腑に落ちませぬが」

師範代の二ツ木伝三郎が首をかしげた。

「たしかに、偽の名かもしれぬ。そのあたりは調べさせている」

月崎同心が厳しい顔つきで答えた。

「殺められた道場主の来馬英斎は、俊秀のころは剣一筋のまっすぐな男であった。ただし、道場主となってからは、言葉は悪いがあきないの味を覚え、あきんどの門人をおだてることに腐心しがちなところがあった」

自彊館の道場主は残念そうに言った。

「そういう噂は広まっていたのでしょうか」

剣豪同心の目つきが鋭くなった。

「恐らくは」

芳野東斎は沈痛な面持ちで答えた。

「それを耳にした何者かが、武芸者の名折れとばかりに道場破りに現れたのかもしれませぬ」

師範代が言った。

「ありうるな」

月崎同心がうなずいた。

そのとき、急ぎ足で道場に入ってきた男がいた。

「おう」

剣豪同心が右手を挙げた。

自彊館に姿を現したのは、火付盗賊改方の長谷川平次与力だった。

四

「やはり本名ではないようです。手分けして調べさせましたが、該当する者は見つかりませんでした」

長谷川与力が告げた。

「鬼平」の異名をとった元火付盗賊改方長官、長谷川平蔵の遠縁に当たる。月崎陽之進が剣豪同心なら、長谷川平次は鬼与力だ。

流派は陰流。柳生新陰流の源流に当たる流派ゆえ、稽古をするに支障はない。

「やはりそうか」

月崎同心は腕組みをした。

歳は鬼与力よりいくらか上だから、剣豪同心が兄貴分になる。

「本名と似た偽名を使ったのではなかろうかと」

師範代が言った。

「むろん、それも頭に入れ、なお調べさせているところだ」

長谷川与力は答えた。

「とにもかくにも、弟子の敵を討ってやりたいものだ」

道場主が座り直して言った。

「第二、第三の道場破りが出ぬともかぎりませんから」

月崎同心は腕組みを解いた。

「このたびの道場破りは二人、いずれも若い武家だということでした。ほかに徒党を組む仲間がいるとすれば、いささか厄介なことになりますが」

鬼与力が渋い表情で言った。

「そのあたりは、汗を流してから江戸屋で一献傾けながら」

剣豪同心が猪口を傾けるしぐさをした。

「心得ました。では」

長谷川与力が立ち上がった。

道着に着替え、ひき肌竹刀を握る。

柳生新陰流では、稽古で無用な怪我をせぬように、牛の皮をかぶせたこの竹刀を用いていた。

「いざ」

剣豪同心が竹刀を構える。

「おう」

鬼与力が対峙する。

「始め」

道場主の声が響いた。

それを合図に、火の出るような稽古が始まった。

五

「お膳もまだできますが」

江戸屋のおかみのおはなが訊いた。

同じ通りに駕籠屋と飯屋、二軒の江戸屋がある。だれも江戸屋とは呼ばない。「駕籠屋」と「飯屋」で通る。

おはなは飯屋のおかみだ。

「膳の顔は何だ」

月崎同心がたずねた。

「寒鰈の煮つけで」

あるじの仁次郎が厨から答えた。

「うまそうだな。くれ」

同心が渋い笑みを浮かべた。

「おれにも」

長谷川与力が軽く右手を挙げた。

「いまお運びします」

おかみがいい声で告げた。

寒鰤、寒鰡、寒鰈。寒い時季にうまくなる魚にはとくに「寒」の名がつく。

鰈は天麩羅などもうまいが、やはり生姜を利かせた煮つけが大関格だ。今日の膳は、これに具だくさんのけんちん汁と大根菜の胡麻和えの小鉢がつく。

飯は大盛り。沢庵や浅漬けなど、香の物もたっぷりだ。これで二十文なのだからいやに安い。

それもそのはず、もともと外の客を当てこんだ見世ではなかった。江戸屋のあるじの甚太郎はなかなかの知恵者で、さまざまな工夫を取り入れてきた。駕籠かきの鉢巻きや駕籠に巻く布をすべて山吹色にして、遠目でも江戸屋の駕籠だと分かるようにしたのもその一つだ。

弟の仁次郎が料理人の修業をしていることに目をつけた甚太郎は、駕籠かきが食せば力が出るような飯屋を開いてくれないかと声をかけた。ちょうど同じ料理屋で仲居をしていたおはなと夫婦になった仁次郎は、兄の頼みに応えることにした。

どれもうまくて盛りがいい。おまけに値が安い。

その評判を聞きつけて、近くの河岸などからも客が来るようになった。あるじとおかみの人情味のある人柄も慕われて、いつも繁盛している。

「お待たせいたしました」

おはなが剣豪同心の膳を運んできた。

「こちらにもどうぞ」

鬼与力の分を運んできたのは、厨に修業に入っている吉平という若者だった。兄の泰平は駕籠かきだ。兄弟でも進む道が違っている。

「稽古のあとで腹が減った。まずは食ってからだな」

月崎同心が箸を取った。

「まあ食べながらでも」

長谷川与力が続く。

「そうだな。……けんちん汁がずっしりと重いぞ」

椀を持ってみた同心が笑みを浮かべた。

「人参、大根、里芋、蒟蒻、豆腐に葱。具がふんだんに入ってますので」

おはなが笑顔で答えた。

「けんちん汁だけで腹がふくれまさ、旦那」

先客の駕籠かきが言った。

剣豪同心と鬼与力はしばしばここで一献傾けるから、みな顔なじみだ。

「この煮つけだけで、飯をわしわし食えるんで」

その仲間が言う。

「たしかに、うまい」

食すなり、月崎同心が言った。

「出前もうまいですが、見世で食うとさらに美味ですな」

長谷川与力も満足げだ。

江戸屋の膳は出前も行っている。二人がかりで運べば、一時(いちどき)に八人前運べるような出前駕籠を持っていた。

しばらくは小気味よく二人の箸が動いた。

「それで、破邪顕正流の件ですが」

膳の残りが少なくなってきたとき、長谷川与力が声を落として言った。

「何か分かったか」

月崎同心も小声で訊いた。

「そういう名の剣流や道場は、少なくとも江戸にはないようです」

鬼与力は答えた。

「やはり、そうか」

剣豪同心はそう言うと、残りの飯を胃の腑に落とした。

「邪(よこしま)なるものを破り、正しきものを顕(あらわ)す。すなわち、勧善懲悪(かんぜんちょうあく)の旗印ですが……」

「道場破りで人を殺めるのは、まぎれもない悪だからな」

同心は与力の言葉をさえぎって言った。

見世の前から、わらべたちのにぎやかな声が響いてきた。

飯屋のきょうだいもまじっている。兄の義助(ぎすけ)は九歳、妹のおはるは八歳、どちらもいつも元気だ。

「武家が相手だとうちの職掌(しょくしょう)なので、気を入れて調べているところです」

火付盗賊改方の与力が言った。

町方の縄張りは町場だけだが、火盗改方(かとうあらためかた)は違う。武家地にも寺社地にも乗りこんで悪人を捕らえ、厳しい責め問いにかけて吐かせてしまう。まさに、泣く子も黙る火盗改だ。

「ぜひとも頼む。いざ悪党退治となれば……」

剣豪同心が軽く二の腕をたたいた。

町方は武家に手を出すことはできないが、闇成敗(やみせいばい)なら話はべつだ。

「敵陣が見えなければ、動きようがないですからね」

長谷川与力が慎重に言ったとき、三人の男があわただしくのれんをくぐってきた。

一人は駕籠屋のあるじの甚太郎、あとの二人は十手(じって)持ちとその子分だった。

六

「京橋の駿河屋へ二挺頼む」

甚太郎がまず駕籠かきたちに伝えた。

「へい、承知で」

「急いでかきこみまさ」

若い駕籠かきが勢いよく箸を動かしだした。

「町の道場をしらみつぶしに当たってきやした」

下っ引きの猫又の小六が月崎同心に告げた。

小兵でとてもそうは見えないが、もと相撲取りで、相手の顔の前で両手をばちんと打ち合わせてひるませる猫だましといういささか卑怯な技を得意としていた。猫又という弱そうな四股名のとおりで、大した出世はできなかった。

「おう、どうだった」

同心が身を乗り出す。

「銭もうけばかり思案してる道場はおびえてましたな。次はうちに来たらどうしようかって」

十手持ちの閂(かんぬき)の大五郎(だいごろう)が答えた。

こちらも元力士で、四股名は大門(だいもん)、両ひじを強烈にきめる閂やさばおりなどの力業で恐れられた。こちらは六尺豊かな偉丈夫(いじょうふ)で横幅もある。

「さもありなん、だな」

剣豪同心がうなずく。

「いくつかの道場じゃ、怪しい武家を見たっていう話も」

小六が伝えた。

「怪しい武家か」

鬼与力のまなざしが鋭くなった。

「へい。ひょっとしたら、下見に来てるんじゃねえかっていう話で」

小六は答えた。

「一人で来てるのか？」

同心がたずねた。

「いや、二人か三人で組になって、道場の前を行ったり来たりしてたみたいで」

元猫又が告げた。

「悪いやつらが徒党を組んだりしてたら事ですな」

甚太郎がそう言って、おかみが出した茶を苦そうに啜(すす)った。

「また悪いことが起きなきゃいいっすがね」

大五郎親分が言う。

「この先も、気を入れて見廻っていれば、敵もうかつには動けぬだろう」

月崎同心は引き締まった表情で答えた。

だが……。

その見通しは甘かった。

第二の道場破りが現れたのは、次の日のことだった。

第二章　再度の凶行

一

「頼もう」

野太い声が響いた。

上野(うえの)広小路(ひろこうじ)に近い道場だ。繁華な町場で、近くには商家も多い。裕福なあきんども通っているから、羽振りがいいというもっぱらの評判だった。

「いざ、手合わせを」

木刀を手にした武家が言った。

目つきが鋭く、常ならぬ目の光をしている。

「型稽古(かたげいこ)だけでかまわぬ」

もう一人の武家が先んじて言った。

こちらは両肩についた肉がぐっと盛り上がっている。いかにも力がありそうだ。

「しばし待たれよ」

白髯の道場主が言った。

ちょうどあきんどを相手に稽古をしていたところだ。

「では、これにて」

まず道場主が竹刀を納めた。

「はっ」

だいぶ腹の出たあきんどが一礼する。

その様子を、道場に現れた二人の剣士は苦々しげに見ていた。

「われこそは破邪顕正流、乾坤一擲斎なり」

目つきの鋭い長身の剣士が名乗りを挙げた。

そんな名があろうはずがないから、仮の名だろう。

「同じく、坂東太郎助、お願い申す」

筋骨隆々たる剣士が一礼する。

「ちとうかがうが」

道場主が右手を挙げて制した。

「何でござろう」

乾坤一擲斎が問うた。

「型稽古であれば、通っている道場で行えばすむはず。なにゆえここへ参られた」

道場主の眼光も鋭くなった。

「先生」

控えていた門人が声を発した。

「何だ」

道場主がそちらを見る。

「先生がお留守のとき、十手持ちが廻ってきて、道場破りに気をつけろと。木刀の型稽古のみと偽り、道場主の頭をたたき割った輩がいた由。ことによると……」

門人が鋭いまなざしで二人の剣士を見た。

乾坤一擲斎と坂東太郎助、そう名乗った道場破りとおぼしい者たちが目と目を合わせた。

「われら破邪顕正流は……」

乾坤一擲斎の声音が変わった。

「汚れた銭もうけに腐心する者どもを成敗し、世を糺す正義の流派なり」

にわかに本性が現れた。

「覚悟せよ」

坂東太郎助がやにわに木刀を振り上げた。

二

「てやっ」

乾坤一擲斎が踏みこんだ。

大上段に振りかぶった木刀を、渾身の力をこめて振り下ろす。

白髯の道場主は見かけ倒しだった。腹が出たあきんどに稽古をつけ、いい気分にさせて銭をせしめることしか頭になかった。日頃から鍛錬を積んでいない。襲ってきた道場破りの木刀を瞬時に受けることなど無理な注文だった。

「ぐわっ」

道場主は叫んだ。

硬い樫の木刀が脳天をしたたかに打ち据えていた。

「先生」

門人が目を瞠（みは）った。

「う、うわっ」

あきんどがうろたえながら逃げだす。

「天誅（てんちゅう）！」

坂東太郎助が続いた。

乾坤一擲斎の木刀を受け、よろめいて白目をむいた道場主の頭に、木刀を思うさま振り下ろす。

ぐしゃっ、と鈍い音が響いた。

たちどころに頭が割れたのだ。

木刀とはいえ、恐るべき衝撃だった。

「先生」

門人が駆け寄った。

「死ねっ」

坂東太郎助が腕を振り下ろした。

木刀が門人の額をたたき割る。

ばっ、と血しぶきが上がった。

床に倒れた道場主は身をふるわせていた。

もはや生きる望みはない。

門人も同じだ。師弟ともに、道場で落命するさだめだった。

「とどめだ」

「天誅」

破邪顕正流の道場破りは、昏倒(こんとう)した道場主と門人の頭をもう一度打ち据えた。

また血が飛び散る。

道場主は一度大きく痙攣(けいれん)して動かなくなった。

「引けっ」

乾坤一擲斎が木刀を納めた。

「おう」

坂東太郎助が応じる。

二人の道場破りは、ただちに走り去っていった。

あとには二つのむくろが残った。

三

「また道場破りですか」

江戸屋のあるじの甚太郎が顔をしかめた。

駕籠屋の奥の座敷だ。表の帳場のほうからは、おかみのおふさが客の相手をする声が響いてくる。

「今度は上野広小路の近くの道場がやられた。道場主と門人が木刀で無残に頭をたたき割られていた」

そう告げたのは、月崎陽之進同心だった。

「ひでえことを」

甚太郎が吐き捨てるように言った。

「これから火盗改方の役宅へ行って平次と相談だ。一刻も早く入念に網を張って召し捕らえねばな」

剣豪同心の声に力がこもった。

「名や人相風体などは？」

甚太郎が訊いた。

「逃げだしたあきんどの門人によれば、乾坤一擲斎と坂東太郎助と名乗ったらしい」

月崎同心は答えた。

「前の道場破りと同じやつでしょうか」

と、甚太郎。

「同じ二人組だから、仮の名を変えているだけかもしれぬ。べつのやつだったら、召し捕らねばならぬ者が増えるゆえ厄介だが」

同心はそう言って、苦そうに茶を啜った。

「根津権現へ一挺」

おふさの声が響いてきた。

「はいよ」

甚太郎がただちに答え、双六の駒のようなものを動かした。

畳の上には江戸の切絵図が広げられている。そこへ山吹色の駒を置き、駕籠のおおよその場所を示しておけば、次の手配のときに役立つ。いかにも知恵者らしい考えだった。

「二つの道場には絵師を差し向け、話を聞いて似面(にづら)を描かせている。同じやつかどうかはまだ分からぬが、どちらも破邪顕正流と名乗っていた。三度目が起きぬように刷り物を配り、江戸じゅうの道場に注意をうながさねば」

剣豪同心の声に力がこもった。

「うちの駕籠もほうぼうの道場の前を通ります。不審なやつがいないか、気をつけるように言っておきましょう」

甚太郎が言った。

「それを言いにきたんだ。相変わらず、頭の巡りが早いな」

月崎同心はこめかみを指さした。

「恐れ入ります」

甚太郎が軽く頭を下げる。

「よし、なら、平次と相談だ」

月崎同心は湯呑みを置くと、すっと立ち上がった。

四

「あっ、おいらたちもこれから出前で火盗改方の役宅へ行くんです」

若い駕籠かきの為吉(ためきち)が言った。

「出前駕籠か」

同心が笑みを浮かべた。

「へい、おすみちゃんと二人で」

為吉は相棒を手で示した。

「気張って運びます」

娘が笑顔で言った。

おすみは甚太郎とおふさの娘で、跡取り息子の松太郎(まつたろう)の妹になる。娘駕籠かきは認められていないが、叔父の仁次郎がつくった料理を運ぶ出前駕籠なら家業の手伝いだという言い逃れができる。もともと駕籠かきになりたかったおすみは、縁が生まれていいなずけになった為吉とともに気張って出前駕籠を担いでいた。

「なら、そこまで一緒に行こう」

月崎同心が身ぶりをまじえた。

「へい」

「承知で」

若い二人の声がそろった。

二人がかりで長い棒に倹飩箱を吊るして運ぶ出前駕籠は、最大で八人前まで運ぶことができる。町方や火盗改方をはじめとして、常連がだんだんに増えてきた。

前に出前駕籠が狙われ、おすみが危難に遭いかけたことがあるため、初めての得意先は用心して控えの巳之吉が担ぐ。顔の知れている間違いのないところは、そう遠くない先に祝言を挙げることになっている為吉とおすみの受け持ちだ。

「あっ、いまできるよ」

飯屋から出てきた義助が言った。

「おいしいよ」

妹のおはるが笑みを浮かべる。

「これから寺子屋かい？」

為吉が問うた。

「うん」

おはるがうなずく。

「今日の膳は何だ？」

月崎同心がたずねた。

「えーと、ほうとう膳」

少し思案してから義助が答えた。

「気張って学んできな」

同心が声をかけた。

「出前の膳、上がります」

おかみのおはなの声が響いた。

「へーい」

「承知で」

出前駕籠の二人がてきぱきと動きだした。

「あっ、危ないよ」

おすみが声をあげた。

二匹の猫が足元をちょろちょろしたからだ。

飯屋で飼われていた三毛猫のみやが今年産んだ子で、白黒のほうがはあん、鯖柄（さばがら）のほうはそのまんまのさばという名だった。

はあん、は駕籠屋の猫だ。駕籠かきは「はあん、ほう」という掛け声を発しながら運ぶ。それにちなんだ名で、次の猫の名はもう「ほう」に決まっていた。

弟のさばは飯屋で飼われている。すぐそこだし兄弟猫だから、一緒にじゃれ合うことも多かった。

ほどなく、支度が整った。

「なら、行くか」

月崎同心が言った。

「へい」

「まいりましょう」

為吉とおすみの出前駕籠が動きだした。

五

「まずは腹ごしらえから」

長谷川与力が土鍋の蓋を取った。

木挽町の役宅だ。長官の家が役宅になるのが習わしだが、あいにく脚気の具合が思わしくなく、臥せっていることが多い。そこで、いまだ少壮だが鬼与力が代わりをつとめている。

「われらもいただきましょう」

「これはうまそうだ」

ほかの火盗改方の面々も続く。

「では、ひと回りしてから器を下げにまいります」

為吉が言った。

「おう、ご苦労だな」

長谷川与力が労をねぎらった。

「冷めてはおらぬか、平次」

月崎同心が声をかけた。

「いや、土鍋が厚手で温石も入っていたので、これくらいなら」

箸を動かしながら、与力が答えた。

「醤油の風味が効いただしがうまいですな」

「ほうとうも、もちもちで」

「また具がふんだんに入っていてうまい」

一緒に食べている者たちが言う。

「武州名物の煮ぼうとうだからな」

食事が終わるのを待っている月崎同心が言った。

「そちらは食べられたか、陽之進どの」

長谷川与力が問うた。

「ああ、江戸屋で食ってきた。醬油だれに昆布だしを加えたつゆに、具だくさんの煮ぼうとう。それに、茶飯も大盛りで腹が一杯になった」

月崎同心は帯を一つぽんとたたいた。

「ほんに具だくさんでございますな」

「葱に椎茸、里芋に人参に大根」

「油揚げがまた味を吸ってうまい」

「さすがは江戸屋の出前だ」

火盗改方はみな満足げな顔つきだった。

ほどなく、出前の膳が片づいた。みなきれいに平らげられていた。

　剣豪同心と鬼与力は、例の道場破りの件について善後策の協議を始めた。

「町方の絵師に似面を描かせ、注意を促す刷り物を手配しているところだ。江戸の町道場に早急に配り、三度目を阻止せねばな」

　月崎同心は引き締まった顔つきで言った。

「道場破りの身元は探らせているのですが、いまだ網にかかっておりません」

　長谷川与力が遺憾そうに言う。

「賊は何人か。ねぐらはどこか。そのあたりまで網を絞れれば、一網打尽にすることもできようがな」

　剣豪同心が言う。

「何にせよ、次です。必ずまた動くでしょうから」

　鬼与力がうなずいた。

「やつらは味を占めただろうからな」

　町方の同心は苦々しげに言った。

「思い知らせてやらねば」

　火盗改方の与力の声に力がこもった。

「悪事を行えば、報いを受ける。それを思い知らせてやらねばな」

剣豪同心はそう言って、刀の鍔を軽くたたいた。

六

翌日――。

江戸屋の膳の顔は鰤大根だった。

脂が乗った寒鰤と、なじみの野菜の棒手振りの兄弟が運んでくるほれぼれするような大根を合わせる。師走にはことにうまい料理だ。

大根と鰤を大鍋に入れ、ていねいにあくを取りながらことことと煮ていく。人情めし江戸屋の冬の名物料理だ。

「すきっ腹にはことにうめえ」

門の大五郎親分がそう言って、富士盛りの飯をわしっとほおばった。

「大根が鼈甲色に輝いてるな」

猫又の小六が箸で示す。

「たまり醤油を使ってますんで」

あるじの仁次郎が得意げに言った。

「なるほど、たまりの色か」

　大五郎親分がうなずく。

　今日は朝から小六とともにひと仕事してきたところだ。道場破りの似面の入った刷り物を、江戸じゅうの道場に配って注意をうながす。二人だけでは廻りきれないから、ほかの町方の役人なども受け持ち、しらみつぶしに刷り物を渡してきた。

「鰤がまたいい味で」

「そりゃ、寒鰤だからよ」

　駕籠かきたちが箸を動かしながら言う。

「けんちん汁がまた具だくさんでうめえな」

「胡麻の香りがぷーんと漂ってきてよ」

　汁もいたって好評だ。

「具を胡麻油で炒めてから汁に入れますんで」

　修業中の吉平が言った。

「うん、うめえ」

　今度はけんちん汁を啜った大五郎親分が言った。

「冬場はやっぱりこれですね。椀がずっしりと重いや」

小六も続く。

「今日は焼き豆腐も入ってますんで」

おはなが笑みを浮かべた。

「これだけで腹にたまるぜ」

「芋も入ってるから力も出る」

駕籠かきたちが言う。

「ひと仕事したあとの飯ほどうめえもんはねえな」

大五郎親分が声をかけた。

「まったくで」

「親分さんも気張ってくださいまし」

「道場破りで人を殺めるなんてもってのほかで」

駕籠かきの一人が怒気をはらむ声を発した。

二人の道場破りによる凶行は、さっそくかわら版の種になった。江戸のほうぼうでその話が出ている。

「あれだけほうぼうの道場に刷り物を配ったんだから、やつらもうかつには動けねえだろう」

小六が言った。

「だといいんだがな」

大五郎親分がそう言って、またわしっと飯を口中に投じた。

七

その日の七つ（午後四時ごろ）どき――。

神田多町の道場では、そろそろ稽古が終いごろを迎えていた。

さしたる名のある流派ではない。問屋の隠居なども顔を出す、いたってゆるい雰囲気の町道場だ。

名を鍛錬館という。

道場主は都島十兵衛、師範代は城野彦四郎だ。

近くに名のある問屋が多く、門人は武家よりあきんどのほうが多かった。後ろ盾が、いくたりもいるから、金回りがいいというもっぱらの噂だった。

その鍛錬館に、やにわに三つの人影が現れた。

いずれも武家だ。

「頼もう」

大きな声が響いた。

「われこそは破邪顕正流、三日月剛太郎なり」

胸板の厚い剣士がまず名乗った。

「同じく、鬼ヶ島力丸」

次の剣士が続く。

口を開くと、とがった乱杭歯がのぞいた。

「同じく、北条剣星。名は剣の星と書く」

最後の剣士が名乗りを挙げた。

色が浅黒く、首がいやに長い。

「剣の道の修行のため、お手合わせ願いたい。木刀の型稽古でかまわぬ」

三日月剛太郎が言った。

道場主と師範代の顔色が変わった。

門人たちもにわかに浮き足立つ。

だが……。

備えはできていた。

けさ、十手持ちが刷り物を配りにきた。道場破りに注意をうながす刷り物には「破邪顕正流」の名が記されていた。

道場主の都島十兵衛は果断に動いた。

ふところに忍ばせていた呼子を取り出し、思い切り吹く。

「だれかっ、道場破りだ！」

師範代の城野彦四郎が大音声を発した。

鍛錬館の前には人通りがあった。

ちょうど駕籠が通りかかったところだ。

「うわ、道場破りだ」

「かわら版に載ってたやつだ」

空駕籠を担いだ駕籠かきたちが叫んだ。

その声がさらに伝わる。

「道場破りだ」

「番所へつなげ」

通りかかった棒手振りが動く。

三人の道場破りは互いに顔を見合わせた。

これはまずい。

「引けっ」

三日月剛太郎が舌打ちをしてから言った。

「やむをえぬ」

「覚えてろ」

鬼ヶ島力丸と北条剣星がきびすを返した。

急いで逃げるとき、道場破りの一人が空駕籠に鋭い一瞥（いちべつ）をくれた。

その駕籠には、山吹色の紐（ひも）が結わえつけられていた。

第三章　闇道場

一

本郷竹町（ほんごうたけちょう）の寺の隣に、いささか妙な建物があった。

折にふれて木刀を打つ音が聞こえる。気合いの声も響く。

そこだけを採り上げれば道場のようだが、なぜか入り口が見当たらなかった。名を記した看板もない。ほかの道場のように、門人たちが出入りする様子もなかった。

言わば、闇道場だ。

かぎられた剣士だけがこの場所を用い、稽古（けいこ）に励む。

しかし……。

闇道場で行われていたのは、稽古だけではなかった。

良からぬ相談事もしばしば行われていた。

「触れが廻っているようだな」

長身の武家がそう言って湯呑みの酒を啜った。

初めの道場破りの際は、星月真言斎と名乗っていた。

むろん、仮の名だ。

本名は木月大三郎という。「月」の字だけが同じだ。

旗本の三男坊で、闇道場の代表格だ。人心を操る特異な力を有する、端倪すべからざる男だった。

「先陣のわれらは易々と成敗できたが」

もう一人の道場破りが言った。

権藤新之丞こと遠藤寅之助だ。

上背こそないが、がっしりした岩のごとき体つきをしている。

「われらも危ないところだったな」

乾坤一擲斎こと乾四郎が言った。

「乾」の一字だけ採っている。目つきの鋭い男だ。

「悪しき道場主と師範代、二人も成敗できたゆえ」

両肩が盛り上がっている剣士が嫌な笑みを浮かべた。

坂東太郎助こと安東辰三郎だ。こちらも旗本の三男で、勝手気ままに生きてきた。

「われらは行っただけになってしもうた」

胸板が厚い男が苦笑いを浮かべた。

三日月剛太郎こと三村龍三郎だ。

「いきなり呼子を吹かれてしもうたので」

鬼ヶ島力丸こと綱島時丸が乱杭歯を覗かせる。

「せっかく気を入れて行ったのにのう」

北条剣星こと西条三郎太が長い首を傾けた。

これで、七人だ。

かつて中国に竹林の七賢がいた。

名利を求めず、人里離れた竹林で清談に明け暮れた七人の賢人たちだ。

この闇道場も人目からは遠いが、そこに集まっているのは竹林の七賢とはまったく逆の者たちだった。

人を人とも思わぬ、七人の狂剣士だった。

二

「呼子を吹いて追い返せたと思ったら大間違いだからな」

三日月剛太郎と名乗る男が憎々しげに言った。

「道場主と師範代の身元は分かってるんで」

鬼ヶ島力丸が湯呑みの酒を呑む。

「このままでは済まぬわ」

北条剣星が両手をばしっと打ち合わせた。

「そこはおぬしらに任せることにしよう」

首領格の星月真言斎が言った。

「はっ」

「ありがたきこと」

「過たず仕留めますゆえ」

鍛錬館へ道場破りに赴いた三人が答えた。

「われら破邪顕正流の世直しは始まったばかりだ」

星月真言斎が言った。

「大願成就(じょうじゅ)まではまだ相当かかるが」

一緒に道場破りを行った権藤新之丞が奥のほうを指さした。

「一人ずつ斃(たお)していくしかあるまい」

乾坤一擲斎が腕を撫(ぶ)す。

「金に目がくらんだ道場主はわれらが成敗いたす」

坂東太郎助が腰に手をやった。

「道場破りが駄目なら、次の手を繰り出すまで」

三日月剛太郎が平然とそううそぶいた。

「百人斬(ぎ)りの大願成就まで、斬って斬って斬りまくるのみ」

鬼ヶ島力丸が力む。

「観音(かんのん)様のご加護(かご)もあるゆえ」

北条剣星が奥の神棚を手で示した。

そこには、御札のほかに、面妖(めんよう)なものが飾られていた。

仏像だ。

うち見たところ観音像だが、たたずまいが違った。

観音は慈愛に満ちた表情ではなかった。

世を呪っているかのような、憎々しい顔つきをしていた。

さらに、通常の観音像とはまったく違う点があった。

その像は真っ黒に塗られていた。

禍々しい黒観音だった。

三

「備えあれば憂いなしでしたね、先生」

鍛錬館の師範代がそう言って酒をついだ。

「まさか呼子を吹かれるとは思ってもいなかっただろう」

道場主の都島十兵衛が得意げに言って、猪口の酒を呑み干した。

道場から近い本郷竹町の蕎麦屋だ。門人をまじえることも多いが、今日は道場主と師範代の二人だけだ。

「これで二度と道場破りには来ないでしょう」

師範代の城野彦四郎が笑みを浮かべた。

「よそへ行ってくれ」

都島十兵衛は蠅を手で払うようなしぐさをした。

ここで蕎麦が来た。

具だくさんの卓袱蕎麦だ。

椎茸、里芋、慈姑、麩など、これでもかと言わんばかりに具が載っている。

「どれから食うか箸が迷うな」

道場主が言った。

「ここは蕎麦もうまいですから」

師範代が和す。

元禄のころ、長崎で盛んだった卓袱料理に、大盤に盛ったうどんにさまざまな具を載せたものがあった。これが大坂か京に卓袱うどんとして伝わり、さらに江戸へ伝播して蕎麦だねになった。

「こういう料理を食べられるのも門人たちのおかげだ」

都島十兵衛がまた箸を動かした。

「叱りたいのをぐっとこらえて、どこかほめるところを探していますからな」

城野彦四郎が笑う。

「それがあきないの要諦だ」

「はは、まさしく」

鍛錬館の二人の声が響いた。

蕎麦屋は通りに面していた。

客の声が高くなると、外にも聞こえる。

すでに闇に包まれ、提灯に灯が入っていた。

その灯りが届かぬところに人影があった。

武家だ。

蕎麦屋からもれてきた話し声を耳にとめると、男は大きな舌打ちをした。

それは、三日月剛太郎と名乗る男だった。

四

都島十兵衛は鍛錬館に住みこんでいるが、師範代の城野彦四郎は通いだ。近くに屋敷がある。

「では、これにて」

師範代の城野彦四郎が言った。

人気（ひとけ）のない小さな辻だ。ここを曲がれば城野の屋敷に着く。

「ちと酔ってしもうたな。明日また頼む」

道場主が上機嫌で言った。

「はい」

師範代は笑顔で答え、辻を曲がろうとした。

そのとき……。

やにわに足音が響き、三つの人影が現れた。

「われこそは破邪顕正流、三日月剛太郎なり」

先頭の剣士が抜刀する。

「同じく、鬼ヶ島力丸。邪（よこしま）なる道場、許しがたし」

次の剣士がすぐさま続いた。

「同じく、北条剣星、覚悟せよ」

最後の剣士が前へ踏みこんだ。

「先生！」

師範代が叫んだ。

都島十兵衛は逃げようとした。

道場主とはいえ、もともとさほどの凄腕（すごうで）ではない。おまけに酒が入っている。とても太刀（たち）打ちできないと悟ったのだ。

だが……。

敵は三人だ。とても逃げ切ることはできなかった。

「逃げるか、腰抜け」

「天誅（てんちゅう）！」

凶刃（きょうじん）が振るわれた。

「ぎゃっ」

都島十兵衛が悲鳴をあげた。

後ろから首筋を斬られたのだ。

「おのれっ」

師範代は抜刀し、勇敢に立ち向かっていった。

しかし、敵は強かった。

「天誅！」

北条剣星が真一文字に剣を振り下ろした。

一刀流（いっとうりゅう）の流れを汲（く）む一撃必殺の剣だ。

「うぐっ」

城野彦四郎がうめいた。

「思い知れっ」

三日月剛太郎が鋭い突きを食らわせた。

師範代の肺腑（はいふ）をえぐる。

もう反撃することはできなかった。城野彦四郎はおのれの屋敷の近くで息絶えた。

道場主も虫の息だった。

立っているだけで精一杯だ。

「武家の恥、天誅を食らわしてやる」

鬼ヶ島力丸が剣を横ざまに振るった。

都島十兵衛の首が飛んだ。

鍛錬館の道場主の首は、しばし虚空にとどまってから地面に落ちた。

五

「いま調べさせていますが、呼子を吹いて道場破りを退散させた鍛錬館の道場主と師範代に間違いないようです」

長谷川平次与力が言った。

「意趣返しだな」

月崎陽之進同心が苦々しげに茶を啜った。

「十中八九、そうでしょう」

鬼与力が答えた。

「こちら、お下げします」

飯屋のおかみのおはなが控えめに手を伸ばした。

「おう、うまかったぞ」

月崎同心が言った。

「冬場はこれにかぎるな」

長谷川与力も少し表情をゆるめた。

「恐れ入ります」

おはなは笑みを浮かべると、あらかた空になった土鍋を盆に載せた。

例によって自彊館で汗を流したあと、剣豪同心と鬼与力が江戸屋でいま平らげたのは、鍋焼きうどんだった。

このあいだの煮ぼうとうもいいが、三河の八丁味噌を使った鍋焼きうどんも寒い時分にはもってこいだ。

身がぷりぷりした海老天に、筋のいい見世から仕入れた蒲鉾、じっくり戻した大ぶりの干し椎茸に新鮮な葱、だしをたっぷり吸った油揚げ、そしてもちろん、こしのあるうどん。どれもうなるような味だ。

「これもうまいですよ」

駕籠かきの泰平が言った。

「はらわたにしみるような味で」

駕籠屋の跡取り息子の松太郎が笑みを浮かべた。

二人でひと働きしてから飯屋に来たようだ。

「煮奴だな。だしで豆腐と葱を煮ただけだが、酒の肴にもいい」

月崎同心が言った。

「ところで、辻斬りの身元などは分かったんですかい？」

泰平がたずねた。

「いま手を尽くしているところだ」

長谷川与力が厳しい顔つきで答えた。

「仮の名のようだが、道場破りのときに名乗っている。門人たちに顔を見られていたから、似面の刷り物も撒いた。本人に似ているかどうかは分からぬが、できるかぎりのことはやっている」

月崎同心も言う。

「どうか捕まえてやってくださいまし。辻斬りにやられた人の身内のことを思うと、とても他人事とは思えなくて」

泰平があいまいな顔つきで言った。

「おまえもそうだったからな」

月崎同心が情のこもった声をかけた。

「へい」

泰平はしんみりとうなずいた。

厨で手を動かしていた吉平も小さくうなずく。

泰平と吉平の父の巳之助は江戸屋の駕籠かきだった。さりながら、不幸なことに辻斬りにやられて命を落としてしまった。

為吉と一緒に駕籠を担いでいた新松も犠牲になった。二人の敵は剣豪同心と鬼与力の働きもあって首尾よく討ち果たしたが、まだ心に傷は残っている。

あれからそろそろ一年になる。為吉とおすみの祝言の宴は、二人の年忌が明けるまではと先延ばしになっていた。

「敵討ちもさることながら、次の犠牲者を出さぬようにせねば」

半ばはおのれに言い聞かせるように、鬼与力が言った。

「それがいちばんだ。おまえらも道場の前を通るときは気をつけていてくれ」

剣豪同心が告げた。

「へい」

「承知で」

泰平と松太郎の声がそろった。

六

鬼与力は火付盗賊改方の役宅に戻った。

剣豪同心が駕籠屋に顔を出すと、ほどなく十手持ちとその子分がやってきた。

「できたてのかわら版でさ」

猫又の小六が刷り物を渡した。

「辻斬りの話で持ちきりで」

閂の大五郎親分が告げる。

「剣呑ですねえ」

おかみのおふさが眉根を寄せた。

「見てきたように書いてあるな」

月崎同心は苦笑いを浮かべると、かわら版の一節を声に出して読みはじめた。

上野広小路に近い道場、鍛錬館は、一計を案じて剣呑なる道場破りを退散せしめたり。やにわにけたたましき呼子を吹かれたれば、さしもの道場破りも逃げるよりほかあらざるなり。

さりながら、それを恨みに思ひしか、恐るべき悪行が繰り広げられたり。

道場破りは三名、いづれも腕に覚えありげな剣士なり。恐らくはその三名が意趣返しの辻斬りを行ひし。

道場主の都島十兵衛、師範代の城野彦四郎、ともに賊(ぞく)に遭(あ)ひ、哀れにも落命せり。

ことに無残なるは道場主のむくろなりき。都島十兵衛が首は胴体と泣き別れとなり、冷たき地面に転がつてゐをり。


「ひでえことを」

あるじの甚太郎が顔をしかめた。

「町方がひっ捕まえることはできねえが、平次もいるし、まあそこはそれだから」

剣豪同心は刀の鍔(つば)を軽くたたいた。

「いくたりもで殺(あや)めやがったみてえだから、どこかにねぐらがあるはず」

大五郎親分が言った。

「まずはそれを突き止めねえと」

小六が力む。

「駕籠かきたちにも言っておいたんだが、せっかく江戸じゅうを廻るんだ。駕籠を運びながら勘を働かせてくれりゃありがてえ」

月崎同心はこめかみを指さした。

「ここからしばらくは、うちの駕籠かきはみな旦那（だんな）の手下ってことで」

甚太郎が言った。

「その意気でやってくんな」

同心は笑みを浮かべた。

「みなで力を合わせりゃ、そのうち網にかかるぜ」

大五郎親分が両手を一つ打ち合わせた。

「なら、さっそく飯屋の駕籠かきたちに声をかけてこよう」

駕籠屋のあるじがすっと腰を上げた。

七

はあん、ほう……。

はあん、ほう……。

先棒と後棒の声がそろう。

山吹色の鉢巻きを締めた駕籠かきたちは小気味よく駕籠を運んでいた。

先棒は松太郎、後棒は泰平だ。気の合う二人はしばしば組になって駕籠を担ぐ。

隠居風の客を本郷菊坂町まで運んだ。聞けば、京橋まで用足しに来た帰りらしい。

「毎度ありがたく存じました」

駕籠代を受け取った松太郎が頭を下げた。

「あまり揺れず、上手に運んでくれたね」

髷が白くなった客が笑みを浮かべた。

「そう言っていただけると嬉しいです」

「お気をつけて」

江戸屋の駕籠かきたちが言った。

「ああ、また頼むよ」

客が軽く右手を挙げた。

「山吹色が目印ですから」

松太郎が鉢巻きを指さした。

「駕籠にもついてますんで」

泰平が紐を手で示した。

「遠くからでも目立つね。なら、これで」

客は上機嫌で去っていった。

日はだんだん西に傾いてきた。どこでつとめを切り上げるか、そのあたりは思案のしどころだ。

「日本橋や京橋のほうへ向かうお客さんが捕まればちょうどいいんだがな」

空駕籠を担ぐ松太郎が言った。

「だったら、八辻ヶ原あたりを流すか」

泰平が水を向けた。

筋違御門内の八辻ヶ原は、江戸でも指折りの繁華な火除け地だ。空駕籠を流していれば客は見つかる。

「そうだな。また本郷のほうへと言われたら、先約があることにすりゃあいい」

松太郎は答えた。

「なら、近道で」

と、泰平。

「本郷竹町からご聖堂の前の道に出よう」

松太郎が言った。

話がまとまった。

はあん、ほう……。

はあん、ほう……。

調子を合わせて、空駕籠が進む。

「こっちが近道だ」

先棒の松太郎が抜け道に入った。

「おや？」

泰平がいぶかしげな顔つきになった。

剣術の稽古をするときのような掛け声が響いてきたのだ。

「ん？」

松太郎も気づいた。

木刀が打ち合わされるような音が耳に届いた。

だが……。

道場のような建物はあるが、入り口がどこにも見当たらなかった。
江戸屋の駕籠が、ほどなく止まった。

第四章　本郷竹町の捕り物

一

「網が絞れてきましたぞ、陽之進どの」

長谷川平次与力がいくらか身を乗り出して言った。

駕籠(かご)屋の奥の座敷だ。

「そうか。敵の身元が分かったか」

月崎陽之進同心が問うた。

「すべてではありませんが、いくたりかは」

鬼与力はそう言うと、ふところから紙を取り出した。

三日月剛太郎こと三村龍三郎

鬼ヶ島力丸こと綱島時丸
北条剣星こと西条三郎太

「鍛錬館の道場主と師範代を殺めたのは、その三人組で間違いないようです。わが手の者が闇道場を張り込み、周到にあとをつけて屋敷をたしかめ、切絵図と聞き込みで調べあげましたゆえ」

長谷川与力の声に力がこもった。

「さすがは火盗改だな。町方ではこうはいかぬ」

月崎同心が持ち上げた。

「武家地も寺方も職掌に入るゆえ、忍びまがいの動きをする者も養っておりますから」

鬼与力がやや得意げに答えた。

「頼もしいかぎりだ。町方も負けてはおれぬぞ」

剣豪同心がそう言って、十手持ちとその子分を見た。

「立ち回りになったら出番でさ」

閂の大五郎親分が太い胸板をたたいた。

「おいらはつなぎ役で」

猫又の小六が腕を振るしぐさをする。

「立ち回りはやらないんですかい？」

半ば戯れ言めかして、甚太郎が問うた。

「おいらががっぷり四つの相撲を取ったら、下手したらわらべにも負けるんで」

小六はいなして答えた。

「何にせよ、このたびは働きだったな」

月崎同心は、ちょうどひと仕事終えて駕籠屋に戻っていた跡取り息子の松太郎に言った。

「ちょうどうまい具合に抜け道を通ったんで」

松太郎が笑みを浮かべた。

「神仏のお導きかもしれねえな」

甚太郎が言った。

「お導きがあったにせよ、勘が働かなきゃ闇道場の尻尾はつかめていめえ。さすがは江戸屋の跡取り息子だ」

同心が持ち上げる。

「いや、相棒の泰平も変だって言ってくれたんで」

松太郎は相棒を立てた。

入り口が見当たらないのに木刀をまじえる音が響いてきた闇道場に勘を働かせた江戸屋の駕籠かきたちは、戻ってその旨を伝えた。

その話を聞いた剣豪同心と鬼与力が動いた。手下に調べさせたところ、似面にそっくりの武家が出入りしていることが分かった。

ここが破邪顕正流を名乗る悪党どものねぐらに違いない。

ついに見つけた。

色めき立った火盗改方と町方は、慎重に網を張りはじめた。

「当方には詳細な切絵図と旗本の家系図があるので、ひとまず三人の身元までは突き止められました」

長谷川与力が名を記した紙をふところにしまった。

「まことの名と仮の名は、一字だけ同じだったな」

月崎同心が言った。

「そのとおりです。いずれも旗本の三男坊で」

鬼与力が答える。

「鼻つまみどもが徒党を組んで、道場破りと辻斬りか。とっちめてやらねえと」

大五郎親分が腕を撫した。

「できることなら、一網打尽で」

長谷川与力が言う。

「みなでいくたりいるのか、そこまでは分かっていないからな」

月崎同心が腕組みをした。

「いつ討ち入るか、そこが思案のしどころです」

長谷川与力も思案げに言う。

「張り込みの陣においらも加わりましょうか。旦那にすぐつなぎますんで」

小六がそう申し出た。

「それはありがたい。闇道場の連中が寄り合いなどで集まる気配があれば、ただちに網を張って捕り物に持ちこみたいところゆえ」

鬼与力の声に力がこもった。

「頼むぞ、小六」

剣豪同心も言う。

「任しといてくだせえ」

小六は力強く胸をたたいた。

二

翌日――。

本郷竹町の闇道場では、ひとわたり稽古が終わり、酒盛りが始まっていた。

「触れが回って道場破りができなくなってしもうたが、辻斬りならまだまだいくらでもできよう」

かしらの星月真言斎が言った。

「百まではまだ遠いからな」

権藤新之丞がそう言って、湯呑みの酒を啜った。

「焦ることはない。一人ずつ殺めていけば、やがては百に到達する」

星月真言斎は奥の神棚に飾ってあるものを見た。

黒観音だ。

禍々しい観音像が悪しき者たちを見下ろしている。

今日の人影は四つだった。ほかに乾坤一擲斎と坂東太郎助がいる。

先日、辻斬りを行った三人はいない。ともに遊郭へ繰り出していた。

「で、次に成敗（せいばい）するのは？」

乾坤一擲斎が身を乗り出した。

「その前に、だれが動く？　あまり大勢だと逃げられてしまうぞ」

坂東太郎助が言った。

「そうだな。三人までだろう。四人は多すぎる」

星月真言斎が腕組みをした。

「ならば、二人ずつ二組でやるか」

権藤新之丞が指を二本立てた。

「それがよかろう。おれと新之丞が組だ」

かしらが指さした。

「心得た」

権藤新之丞がうなずく。

「ならば、おぬしと組だな」

乾坤一擲斎が坂東太郎助に言う。

「腰抜け剣士を成敗してやろう」

組になる男が不敵に笑った。

「で、次なる獲物だが」

星月真言斎が床を指さした。

広げられているのは、江戸の切絵図だ。

「成敗すべき道場はどこだ」

権藤新之丞がまた酒を啜る。

「小伝馬町（こでんまちょう）の人成館（にんせいかん）はずいぶんもうけているらしい。道場主は見掛け倒しだというもっぱらの評判だ」

乾坤一擲斎が苦々しげに言った。

「武家の風上にも置けぬやつだ」

星月真言斎が鼻を鳴らした。

「世のため人のためにならぬな」

坂東太郎助がそう言って酒を呑み干した。

「もう一つ、深川（ふかがわ）に富士（ふじ）道場という腐った道場がある」

破邪顕正流のかしらが切絵図を指さした。

「腐った道場か」

乾坤一擲斎が嫌な笑みを浮かべた。

「おれは下見に行ったが、歯が浮くような世辞を並べ、あきんどの門人たちの機嫌を取っていやがった」

星月真言斎のまなざしが鋭くなった。

「成敗だ、成敗」

だいぶ酒が回ってきた坂東太郎助がわめく。

「一刀両断にしてくれるわ」

乾坤一擲斎が剣を振るう身ぶりをした。

「ならば、だれがどこを成敗する？」

権藤新之丞が訊いた。

「いや」

星月真言斎が湯呑みを置いた。

「次はここにいる四人が二組に分かれて成敗するにせよ、ほかの三人の顔も立ててやらねばな」

かしらの顔で、星月真言斎が言った。

「なるほど」

権藤新之丞がうなずく。

「では、次の二十日の晩の寄り合いで」

坂東太郎助が言った。

地声の大きい男だ。

その声は、闇道場の外にも響いた。

三

しめた、と張り込みの男は思った。

猫又の小六だ。

次の二十日の晩、ここで寄り合いがある。

いま闇道場にいるのは四人。いないのは三人。

合わせると七人だ。

七人の悪党どもが、次の二十日の晩、闇道場に集まる。そこへ踏みこんでお縄にすればいい。

たちどころに絵図面ができた。

小六は抜き足差し足で闇道場の前から離れた。

そして、人の声が遠のいてからいっさんに駆け出した。


「よくやった」

月崎同心が笑みを浮かべた。

もう夜が更けているから、奉行所でも江戸屋でもない。八丁堀(はっちょうぼり)の屋敷だ。

「これで一網打尽にしてやってくだせえ」

小六が言った。

「おう。さっそく明日の朝から動き、平次と段取りを整えよう」

剣豪同心の声に力がこもった。

「二十日まで、もうあまり時がねえんで」

と、小六。

「念のために見張りを続けてくれるか。また動かれたら事だからな」

月崎同心が言った。

「承知で。何かあったらつなぎまさ」

小六はそう言うと、すっと腰を浮かせた。

段取りは滞りなく進んだ。

剣豪同心から話を聞いた鬼与力は、火付盗賊改方の捕り物の準備を整えた。

相手は旗本の子弟ばかりだ。町方には手出しができない。

本来なら、月崎同心も加われないはずだが、抜け道はあった。

闇成敗の影同心としてなら、いくら剣を振るっても構わない。

こうして、機は熟した。

二十日の晩になった。

四

「正月早々に成敗してくれるか」

星月真言斎が言った。

「同じ日に二つやってしまうのもよかろう」

乾坤一擲斎が切絵図を指さした。

「そうだな。そのほうがみな震えあがる」

権藤新之丞がうなずく。

「来年は破邪顕正流の年ぞ」

坂東太郎助が機嫌よく言って酒をあおった。

「一気に百人までは厳しかろうが、十人くらいは」

北条剣星が言った。

「それは少ないな。三十人くらいは殺めてやろう」

鬼ヶ島力丸がいくらか身を乗り出した。

「まずは、手始めに二つの道場主だな」

権藤新之丞が両手を打ち合わせた。

「おれと新之丞が小伝馬町の人成館の道場主だ」

かしらの星月真言斎が言った。

「おう。血祭りにあげてやろう」

権藤新之丞が不敵に笑った。

「おれとおぬしが深川だな」

乾坤一擲斎が坂東太郎助に言った。

「一太刀（ひとたち）で首を斬るなよ。おれの出番がない」

坂東太郎助が戯れ言めかして言った。

「心得た。おぬしの分も残しておこう」

乾坤一擲斎が笑みを浮かべた。

「では、武運を祈るか」

星月真言斎が腰を上げた。

「おう」

「仏の加護を得ねばな」

ほかの剣士も続く。

破邪顕正流の七人の剣士たちは、闇道場の奥へ進んだ。

星月真言斎が黒観音の前へ進み出た。

ほかの剣士たちが後ろに横一列で並ぶ。

かしらが両手を合わせて一礼した。剣士たちが倣（なら）う。

「大いなる黒観音よ。闇を統（す）べるものよ。われらに力を貸したまえ」

星月真言斎の声が朗々と響きわたった。

「江戸の町に跋扈（ばっこ）する、銭もうけしか頭にない腰抜け道場を一掃（いっそう）すべく、われら破邪顕正流は立ち上がった。悪しき道場主どもを首尾よく成敗し、百人の贄(にえ)を捧ぐれば、世は御恩の光に包まれるであろう。そのために、力を貸したまえ」

かしらの声に力がこもった。

「力を貸したまえ」

剣士たちが和す。

「武家の風上にも置けぬ腰抜けどもよ、思い知れ」

「思い知れ」

「天誅(てんちゅう)!」

気合いのこもった声が響く。

「天誅!」

星月真言斎はさらに声を張り上げた。

黒観音の前で、七人の狂剣士たちが叫ぶ。

その声は、闇道場の外にも充分に届いた。

「待て」

星月真言斎の顔つきが変わった。

「人の気配がするぞ」

権藤新之丞が言った。

入り口が見当たらない闇道場とはいえ、裏手からは入れる。

そのあたりから、足音が響いてきたのだ。

一人ではない。いくたりもいる。

そして、人影が現れた。

「何やつ」

星月真言斎が鋭く問うた。

「われこそは影同心、月崎陽之進なり」

剣豪同心が名乗りを挙げた。

かつては正直に南町奉行所の隠密廻り同心と告げていたが、町方に思わぬ余波が及ばぬように「影同心」と名乗ることにした。

「影同心だと？」

破邪顕正流の剣士たちが色めき立った。

「道場破りと辻斬りの罪、許しがたし。神妙にせよ」

剣豪同心が抜刀した。

それを合図に、捕り方がなだれこんできた。

「御用だ」

「御用！」

提灯(ちょうちん)が揺れる。

そこには墨痕(ぼっこん)鮮やかに「火盗」と記されていた。

「われこそは、火付盗賊改方与力、長谷川平次なり」

鬼与力も名乗りを挙げた。

「破邪顕正流の者ども、神妙にせよ」

凛(りん)とした声が発せられた。

「小癪(こしゃく)な。斬ってやれ」

星月真言斎が抜刀した。

このたびは木刀ではない。真剣だ。

「おう！」

「皆殺しだ」

破邪顕正流の剣士たちが続いた。

五

月崎同心が初めに相対したのは、上背のある剣士だった。

乾坤一擲斎だ。

「てえいっ」

敵は一刀流だった。

初太刀に渾身(こんしん)の力をこめてくる。

ここは全力の受けだ。

「てやっ」

大上段から振り下ろされてきた剣を、月崎同心はがしっと受け止めた。

火花が散る。

腕から背筋にかけて、びりびりっと痛みが走った。

それほどまでに強い剣だ。

正面から受け止めた剣豪同心は、ぐっと押し返して体(たい)を離した。

「御用だ」

「神妙にしろ」

ほうぼうで声が響く。

火盗改方が中心となった精鋭たちは、剣が届かない柄の長い刺股などで敵の動きを封じようとしていた。

破邪顕正流の剣士たちが必死に抗う。

闇道場に怒号が飛び交った。

「死ねっ」

乾坤一擲斎がまた剣を振り下ろしてきた。

長身の剣士が大上段に振りかぶり、すべての身の重みを乗せて打ちこんでくる。

まさに乾坤一擲のひと振りだ。

恐るべき剣だが、剣筋は単調だった。

読める。

臆せず受け止めれば、二の太刀、三の太刀と進むにつれて勢いは少しずつ殺がれていく。

「ていっ」

気合いの声を発し、剣豪同心はまたしても全力で受けた。

汗が飛び散る。

間合いが詰まり、敵の目がくきやかに見えた。

乾坤一擲斎の目には、わずかに焦りの色が見えた。

「食らえっ」

体を離すなり、横合いからべつの剣が飛んできた。

上背はないが、がっしりした岩のごとき体つきをしている。

権藤新之丞だ。

大上段に振りかぶっても利がないため、この剣士は強烈な突きを得意技としていた。

背を丸め、弾丸のごとくに突っ込んでくる。

「てやっ」

剣豪同心は瞬時に見切った。

斜め上からいなすように剣を振るうと、権藤新之丞は目標を失ってたたらを踏んだ。

その隙を、陽月流の達人は見逃さなかった。

ただちに踏みこみ、後頭部を峰打ちにする。

がんっ、と鈍い音が響いた。

岩のごとき体つきの剣士も、これにはひとたまりもなかった。

目をむき、口から泡を吹いて昏倒する。

「御用だ」

「御用」

声が幾重にもかさなって響く。

まず一人目がお縄になった。

六

鬼与力は面妖な剣士と戦っていた。

「われこそは、破邪顕正流、鬼ヶ島力丸、破邪、破邪」

乱杭歯を覗かせた剣士は、踊るような動きを見せた。

「破邪、破邪」

その声に合わせて、身をくねらせ、間合いを取って闇道場の床を剣先でたたく。

どうにもせわしない剣法だ。

道場には行灯（あんどん）の灯がともっていた。御用提灯も揺れる。床に置かれた提灯もある。

それでも、闇のほうがよほどまさっていた。

「破邪、破邪」

床を剣先でたたき、暗いほうに身を隠しては、鋭く剣を振り上げてくる。

邪道だが、容易ならぬ剣法だ。

鬼与力はまなざしに力をこめた。

どこから剣が飛んでくるか分からない。

一瞬たりとも目を離すことはできなかった。

「破邪、破邪」

声が響いたほうへ、長谷川与力は体を向けた。

敵の動きがいかに面妖でも、正対していれば応じることができる。

「とおっ」

鬼ヶ島力丸がやにわに踏みこんできた。

その剣筋が見えた。

「てやっ」

鬼与力は必殺の剣で迎え撃った。

袈裟（けさ）斬りだ。

鍛錬を積んできた鬼与力の剣は鋭い。

邪剣よりも一瞬早く、敵の体に届いた。

「ぐわっ」

力丸は悲鳴をあげた。

「神妙にせよ」

鬼与力が二の太刀の構えになる。

鬼ヶ島力丸はもう面妖な動きをしなかった。

傷を負った剣士は闇道場の外へ逃げだした。

「逃げたぞ」

鬼与力が叫んだ。

その声は、ほかの捕り方に過（あやま）たず届いた。

七

闇道場の裏手には、存外に広い空き地があった。

捕り方がそこに詰めている。

「御用だ」

「御用」

刺股が揺れる。

「どけっ」

手負いの剣士が振り払って逃げようとした。

その前に、ぬりかべのごとき大男が立ちはだかった。

閂の大五郎親分だ。

「ぐおっ」

気合いの声を発すると、元力士は前へ突進した。

剣を振るういとまはなかった。

ぶちかましをまともに受けた鬼ヶ島力丸はあお向けに倒れた。

親分が馬乗りになる。

手首をねじり、剣を取り上げる。

ぼきっ、と骨が折れる音が響いた。

「てやっ」

大五郎親分は、さらに激しい張り手を食らわせた。

馬乗りになったまま、二度、三度と鬼ヶ島力丸の顔を張る。

たちまちそれは赤い提灯のように腫(は)れあがっていった。

邪道の剣士は気を失った。

それほどまでに、元力士の張り手は強烈だった。

「よしっ」

大五郎親分が体を離した。

鬼ヶ島力丸がびくんと身を震わせる。

「捕らえよ」

火盗改方の役人が言った。

「御用だ」

「御用」

のびている剣士を後ろ手に縛りあげる。

かくして、二人目が捕縛された。

八

乾坤一擲斎の息が上がりはじめた。

「来い」

逆に剣豪同心を挑発する。

打ちこんでいく力が乏しくなってきた証(あかし)だ。

月崎同心はそう見抜いた。

「もう終わりか、腰抜け」

剣豪同心は言い放った。

「何っ」

乾坤一擲斎が目をむく。

「破邪顕正流とは名ばかりよ。蠅(はえ)が止まるような剣筋であったぞ」

剣豪同心はさらに挑発した。

乾坤一擲斎の形相が変わった。

いまだ。

陽月流の達人は剣を構えた。

月が見えているときに、人知れず太陽は動いている。

敵が剣を振るう前に、先んじて備え、一撃で斃す。

それが陽月流の極意だ。

「どりゃっ」

乾坤一擲斎が斬りこんできた。

だが……。

初太刀に比べると、それは明らかに力が減殺されていた。

剣豪同心が迎え撃つ。

後の先の剣だ。

わずかに足を横に動かし、斜め上方から斬り下ろす。

「ぐえっ」

乾坤一擲斎が叫んだ。

剣豪同心の剣は、破邪顕正流の剣士の額をたたき割っていた。

もはや峰打ちではない。

成敗する。

闇道場に、ばっ、と血しぶきが舞った。

「慈悲だ」

少しだけ間合いを取ると、剣豪同心は鋭く剣を振り下ろした。

手ごたえがあった。

乾坤一擲斎の首が宙に舞う。

目をむいたまま切り離された首は、どさっと闇道場の床に落ちた。

行灯の灯りが、いま死んだばかりの剣士の首をしみじみと照らした。

九

「かしらっ」

三日月剛太郎が切迫した声をあげた。

捕り方は多い。

次から次へと刺股を突きつけてくる。

「退きましょう」

北条剣星が叫んだ。

「外だ。何も見えん」

坂東太郎助がそう言うなり、闇道場から飛び出していった。

床の提灯に火がつき、ぱっと燃えあがる。

「待て」

北条剣星も続く。

闇道場には、かしらの星月真言斎だけが残った。

破邪顕正流を率いる男は、道場の奥へ進んだ。

あるものをつかみ、素早くふところに入れる。

黒観音だ。

「闇なる力よ。いまこそ目覚めよ」

抜刀したまま、星月真言斎が言った。

「神妙にせよ」

剣豪同心が構える。

「闇なる力はわれにあり」

星月真言斎は傲然(ごうぜん)とそう言い放った。

「さようなものはない」

剣豪同心が間合いを詰める。

「ふふふ」

破邪顕正流のかしらは、嫌な含み笑いをした。

世のありとあらゆるものを嗤(わら)っているかのような声だ。

「ふふふ……」

星月真言斎は、なおも含み笑いをしながら剣先を月崎同心に向けた。

闇が濃くなる。

乏しい行灯の灯が、だしぬけにふっと揺らいだ。

月崎同心の表情が変わった。

敵がだんだん遠ざかっていくように見えたのだ。

闇なる力はわれにあり。

瞠(みは)れ。

わが剣先を見よ。

星月真言斎の声が響く。

月崎同心は瞬き（まばたき）をした。

「こ、これは……」

ありえざることが起きていた。

しだいに遠ざかる星月真言斎の体が見えなくなった。

あとには剣だけが残った。

その鋭い切っ先が虚空にとどまり、剣豪同心を狙っていた。

十

月崎同心の背中を、冷たいものが伝った。

妖術か……。

いままで相対したことがない敵だ。

剣を振るい合うのなら、いかに膂力（りょりょく）にあふれていようとも迎え撃つことができる。

現に、乾坤一擲斎を斃した。

だが……。

いまは敵が見えない。

剣先だけがそこにある。

離れろ。

もう一人のおのれが告げた。

月崎同心はその声に従い、素早く間合いを取った。

間一髪だった。

虚空に漂っているように見えた剣先が動き、鋭い突きを食らわせてきたのだ。

「ぬんっ」

剣豪同心は敵の剣を撥（は）ね上げた。

見えた。

敵の姿が見えた。

星月真言斎の顔がゆがむ。

「ふふ、ふふふ……」

それでも、不気味な笑いが響いた。

「笑うな」

剣豪同心はぴしゃりと言った。

「もはやその手は食わぬ。正々堂々と戦え」

陽月流の達人は剣を上段に構えた。

「黒観音はわれにあり。闇なる力はわれを助く」

星月真言斎が中段の構えで迎え撃つ。

「いざ」

剣豪同心が踏みこんだ。

がんっ、と双方の剣がぶつかる。

火花が散った。

十一

「捕らえよ」

鬼与力が叫んだ。

闇道場から三人の剣士が飛び出してきた。

坂東太郎助、三日月剛太郎、そして北条剣星だ。

「御用だ」

「御用」

たちまち捕り方が群がる。

破邪顕正流の剣士たちが応戦する。

「神妙にせよ」

坂東太郎助の前に鬼与力が立ちはだかった。

「どけっ」

両肩が盛り上がっている剣士が鋭く言った。

むろん、聞く耳は持たなかった。

陰流の遣（つか）い手は、ぐっと前へ踏みこんだ。

「御用」

刺股が突き出される。

坂東太郎助が払いのけた。

その一瞬に隙が生じた。

「きえーい」

翔ぶがごとくに、鬼与力が打ちこんだ。

受けが遅れた。

剣は敵の額をたちどころに打ち割った。

「ぐわっ」

坂東太郎助が悲鳴をあげた。

いかに力があろうとも、それを発揮するいとまがなかった。

鬼与力の一撃必殺の剣に、破邪顕正流の剣士はまた一人倒れた。


「退けっ」

三日月剛太郎が叫んだ。

「おう」

北条剣星が応じる。

多勢に無勢、利あらずと悟った二人の剣士は、かしらの許しも得ず、我先にと逃げだした。

「待ちやがれ」

大五郎親分が追う。

しかし、正面切っての力勝負ならともかく、元相撲取りに追う足はなかった。

「待て」

捕り方も追う。

さりながら、刺股などの捕り道具を手にした走りはさほど速くなかった。

「追えっ」

鬼与力が叱咤(しった)した。

「御用だ」

「待てっ」

捕り方が追う。

だが……。

二人の剣士の逃げ足は速かった。

三日月剛太郎と北条剣星は闇にまぎれた。

かくして、闇道場のかしらだけが残った。

第五章　死闘黒観音

一

「ぬんっ」

剣豪同心は刀を握る手に力をこめた。

剣をまじえている敵をぐっと押す。

両者の体が離れた。

「黒観音よ、われに力を与えたまえ。常ならぬ力を与えたまえ」

破邪顕正流のかしらは、言葉を発しながら間合いを取った。

「目覚めよ、目覚めよ、大いなる力よ。闇観音はわれがつくりし依り代なり。闇なる力よ、ここに集え。われに力を与えたまえ」

星月真言斎の声が高くなった。

月崎同心は、ふと息苦しさを感じた。

道場の闇がひときわ濃くなったような気がした。

「目覚めよ、目覚めよ……」

呪文が続く。

「言うな」

剣豪同心は覆いかぶせるように制した。

敵の思うとおりにさせてはならない。

こやつには本当に常ならぬ力が宿るのかもしれない。もしそうなれば、剣術を超えた勝負になってしまう。

それだけは避けねばならぬ。

剣豪同心はそう考えた。

「剣をもって、正々堂々と戦え」

刀を振りかぶり、間合いを詰める。

「ふふふ、ふふふふ……」

星月真言斎が笑った。

二度、三度と瞬きをする。

敵の瞳の奥から、尋常(じんじょう)ならざる光が放たれたような気がした。


その目を見るな。

声を聞くな。

敵の術中にはまるぞ。


剣豪同心はおのれにそう言い聞かせた。

呪文を唱える余裕を与えてはならない。

打って打って打ちこむべし。

陽月流の遣(つか)い手は心を決めた。

剣をしっかり握り、前へ踏みこむ。

「とりゃっ」

敵に余裕を与えないように、剣豪同心は鋭く剣を打ちこんだ。

「ぐっ」

星月真言斎が受けた。

妖(あや)しい術をかけるばかりではなく、剣士としても抜きん出た力がある。六尺

（約一八〇センチ）になんなんとする長身で、膂力にあふれている。

しかし……。

剣豪同心の剣は常人離れしていた。

剣ごとたたき斬るかのごとき、裂帛の気合いで繰り出される剣を受けているうち、敵はしだいに力を殺がれていく。

「てやっ」

体が離れるや否や、剣豪同心はまたすぐさま打ちこんでいった。

自彊館で行っている厳しい稽古の賜物だ。

たとえ四半刻（約三十分）も動きつづけても、容易なことでは息が上がらない。

腕も正しく振るうことができる。

「われに……」

星月真言斎の声はそこで途切れた。

力を与えたまえ。

闇なる力よ、いまこそ目覚めよ。

そう言おうとしたのだが、剣豪同心が余裕を与えなかった。

「えいっ」

また正面から打ちこむ。

全身で受けなければ、押しこまれて額を斬られてしまう。破邪顕正流のかしらは受けに回らざるをえなかった。

それでも、星月真言斎は一計を案じた。

「目覚めよ」

受けるとき、気合いの声の代わりにそう言葉を発したのだ。

「黙れ」

構わず、剣豪同心が踏みこむ。

また火花が散る。

「目覚めよっ」

星月真言斎が叫びながら受けた。

敵も必死だ。

だが……。

いくたびも受けているうち、足がもつれた。

その一瞬を、剣豪同心は見逃さなかった。

「とりゃっ」

嵩（かさ）にかかって攻めこむ。

「目覚めよっ！」

絶叫しながら受ける敵があお向けに倒れた。

そのふところから、ごろりと床に落ちたものがあった。

それは、黒観音だった。

二

月崎同心は瞬きをした。

仏像が床に落ちる音が響いた刹那（せつな）、闇道場の気が一変した。

ふふふ、ふふふ……

笑い声が響いた。

笑っていたのは星月真言斎ではなかった。
あろうことか、黒観音だった。
木彫りの観音像が、かっと両目を開いた。
ぎろりと剣豪同心を見る。
背筋を冷たいものが伝った。

見るな。
目を合わせてはならない。
これは忌まわしいものだ。

剣豪同心は即座にそう悟った。
厳しい剣の修行を積んできたからこそ生じた、一瞬の判断だった。
黒観音から目をそらすと、剣先が見えた。
いままさにおのれを斬り裂こうとする剣だ。
剣豪同心は素早く身をかがめた。
びゅん、とこめかみを剣がかすめていった。

まさに間一髪だ。

「死ねっ」

さらに凶剣が振るわれる。

かわそうとした月崎同心の足が汗ですべった。

身が宙に浮き、背から道場の床に落ちる。

ふふふ、ふふふふ……。

黒観音が笑う。

剣豪同心は、絶体絶命の窮地に陥った。

三

いまだ。

破邪顕正流のかしらは一気に決着をつけにいった。

背中から倒れた敵を袈裟懸け（けさが）に斬り捨てようと、いままさに剣を振り下ろそうとした。
　そのとき、星月真言斎は腹に衝撃を感じた。
「うぐっ」
　うめき声がもれる。
「ていっ」
　剣豪同心は両足に力をこめた。
　巴投げだ。
　柔ら術の心得もある月崎同心は、死地を脱する捨て身の逆転技を繰り出した。
　前へ踏みこんできた敵の力を利用して、両足でうしろへ投げる。
「うわっ」
　破邪顕正流のかしらの体が宙に舞った。
　どさっ、と大きな音が響く。
　行灯が倒れた。
　剣豪同心はすぐさま起き上がった。
　体勢を整え、鋭く斬りこむ。
　だが……。

敵も間一髪でかわし、すぐさま立ち上がった。
二人の剣士はまた闇道場で対峙した。
「目覚めよ、目覚めよ、闇を統べるものよ」
星月真言斎が間合いを取りながら呪文を唱える。
月崎同心はちらりと横に目をやった。
行灯に火が燃え移っていた。
そのうち燃え尽きてしまえば、道場は全きまでの闇に包まれてしまう。
それまでに決着をつけねばならない。
剣豪同心はまた斬りこんだ。
破邪顕正流のかしらが受ける。
「てぃっ」
渾身の力をこめて打ちこむ。
「目覚めよ」
敵も必死の受けだ。
いくたびも火花が散った。
敵を休ませぬよう、剣豪同心はさらに踏みこもうとした。

ふふふ、ふふふふ……。


また笑い声が響いた。

笑っているのは星月真言斎だけではなかった。

そのうしろに、千手観音(せんじゅかんのん)めいて、黒い手がいくつも蠢(うごめ)いている。

どの手にも剣が握られている。

どれが本当の剣か分からなくなった。


こらえろ。

目を凝(こ)らせ。

敵の剣は一つしかない。


剣豪同心はぐっと気を集めた。

頭の芯が、ふっと澄明(ちょうめい)になった。

どこからか清らかな水が流れてきたような心地がした。

次の刹那、無数の黒い手が消えた。

敵の剣がただ一つになった。


ここだ。

いまこそ勝負だ。


剣豪同心は足腰に力をこめた。

必殺の剣は腕で振るうのではない。

足腰と、気で打ちこむのだ。

「きえーい」

剣豪同心の体が宙に舞った。

敵に向かって、大上段から思い切り打ち下ろす。

「ぐわっ」

星月真言斎が叫んだ。

油断があった。

敵にはもう術がかかっている。

そんな思いこみが一瞬の気のゆるみにつながった。
その一瞬を、剣豪同心は見逃さなかった。
「ていっ」
手ごたえがあった。
剣豪同心の正義の剣は、敵の肩のあたりを斬り裂いていた。
ばっ、と血しぶきが舞う。
「覚悟！」
剣豪同心は二の太刀(たち)を繰り出した。
半歩下がり、渾身の力をこめて剣を振り下ろす。
敵はもう声を発しなかった。
星月真言斎の首は、ものの見事に胴体から切り離されていた。

いつのまにか、闇道場に行灯の火が燃え移っていた。
早く出なければ煙に巻かれてしまう。
月崎同心は先を急いだ。
血ぶるいをして刀を納め、出口へ走る。

足に何かが触れた。

ふふ、ふふふふ……。

だしぬけに笑い声が響いた。

だれかが笑った。

空耳だ。

敵はもう死んでいる。

剣豪同心は立ち止まらなかった。

四

「ひとまず敵のかしらを成敗（せいばい）し、ねぐらをつぶすことはできた」

月崎同心がそう言って、味のしみた大根を口に運んだ。

「取り逃がした者はいましたが、身元も分かりましたゆえ」

長谷川与力が厚揚げに箸を伸ばす。

例によって自彊館で稽古を積んだあと、江戸屋で一献傾けているところだ。

今日はおでんの大鍋がよく煮えていた。

大根に蛸に厚揚げ、餅の入った巾着やじゃがたら芋もある。もう年の残りがいくらもない師走にはありがたい料理だ。

「さすがは火盗改方だな。屋敷まで突き止めたとは」

月崎同心が笑みを浮かべた。

「どちらもゆくえをくらましているようですが」

長谷川与力が慎重に答えた。

破邪顕正流の首領、星月真言斎は剣豪同心が成敗した。

闇道場も燃え尽きた。

焼け跡を検分したが、黒観音らしきものは発見されなかった。恐らく焼け落ちた木にまぎれてしまったのだろう。

捕り逃したのは、次の二人だった。

　三日月剛太郎こと三村龍三郎
　北条剣星こと西条三郎太

　屋敷も分かっているが、いまのところ戻った形跡はなかった。

「残党には目を光らせておかねばな」

　月崎同心が言った。

「手下を張り込ませていますので」

　長谷川与力が答えた。

「周到だな」

　剣豪同心が笑みを浮かべたとき、為吉がのれんをくぐってきた。

「おう、いまできるよ」

　厨（くりや）から仁次郎が言った。

「なら、おすみちゃんと一緒に運びますんで」

　出前駕籠（かご）を受け持っている若者が軽く右手を挙げた。

　今日の膳はおでんの小鍋に茶飯、それに、秋刀魚（さんま）のつみれがたっぷり入った汁だ。

「新年になって年忌（ねんき）が明けたら、いよいよ祝言（しゅうげん）だな」

月崎同心が言った。

「いや、祝言っていうほどたいそうなものにするつもりはねえんで」

為吉が軽く手を振った。

「どこでやるんだい。ここか？」

駕籠かき仲間が下を指さした。

「そりゃ、よそでやることはねえんで」

為吉は笑って答えた。

「貸し切りだったら、それなりには入れますから」

おかみのおはなが言った。

「あんまり構えた祝言の宴だったら、ろくにものを食えないんじゃねえかとおすみちゃんが案じてて」

為吉がそう明かした。

「はは、大食い娘だから」

「花嫁が綿帽子かぶってわしわし飯ばかり食ってたら大笑いだぜ」

駕籠かきたちが笑う。

そうこうしているうちに、出前の膳ができあがった。

おすみも姿を現した。

「噂されてたぜ」

月崎同心が告げた。

「何の噂でしょう」

おすみが小首をかしげた。

「いつも元気で、周りに花が咲くという噂だ」

長谷川与力が笑みを浮かべた。

「ありがたく存じます」

おすみが真に受けて一礼したから、飯屋に和気が漂った。

五

年はあっという間に押し詰まった。

大晦日まで、江戸屋は駕籠屋も飯屋も忙しかった。

駕籠は初詣（はつもうで）のために旅籠（はたご）に泊まる客を運び、飯屋では仁次郎と吉平がねじり鉢巻きで年越し蕎麦（そば）の支度をした。

「切りはおいらがやるから」

仁次郎が弟子に言った。

「へえ。まだ荷が重いんで」

吉平がややあいまいな表情で答える。

「うどんに比べたら、蕎麦は難しいからよ」

仁次郎が笑みを浮かべた。

「ゆではわたしも手伝うんで」

おはなが二の腕を軽くたたいた。

「よし、どんどんやるぜ」

飯屋のあるじが気合いを入れた。

「はいよ」

おかみが小気味よく答えた。

蕎麦は次々に打ちあがった。

もりとかけだけだが、飛ぶように出る。

もともと三十日蕎麦（みそかそば）といって、売掛金の回収などのつとめを終えた商家の奉公人の労をねぎらうために蕎麦をふるまう習慣があった。大晦日の年越し蕎麦はその親玉のようなものだ。

細く長く、つつがなく暮らせるようにという願いもこめられている。年が明ければ初詣だが、これもひと足早い縁起物だ。

いつもは出前だが、駕籠屋のあるじも顔を出した。

「たまにはこっちで食わねえとな。かけでくんな」

甚太郎は厨の弟に言った。

「承知で」

打てば響くように仁次郎が答える。

表では、わらべたちが元気にはしゃぎまわっていた。義助とおはるの姿もある。

「来年は手伝ってくれるようになったらいいんだけど」

おはなが言った。

「なるさ。子は育つからよ」

甚太郎は笑みを浮かべた。

「今年一年、世話になりやした」

「来年もよしなに」

先客の駕籠かきたちが言った。

「おう、気張ってくれてありがとな。来年も頼むぜ」

甚太郎が言った。

「へいっ」

「合点で」

駕籠かきたちの声がそろう。

「はい、お待ちで」

おはなが蕎麦を運んできた。

「おう、来た来た」

甚太郎がさっそく箸を取り、年越し蕎麦をたぐってから口中に投じ入れた。

小気味いい音を立て、ずずっと啜（すす）る。

「いかがです？」

おかみが問うた。

「うまい、のひと言」

江戸屋のあるじが満足げに答えた。

第六章　祝いの宴

一

新年になった。

駕籠屋（かごや）は正月から大忙しだ。ほうぼうへ初詣（はつもうで）に行く客が駕籠を使うから、なかなか空きが出ず、やむなく断ることもあった。

「やれやれ、やっと飯にありつけた」

跡取り息子の松太郎が言った。

「朝から担ぎどおしだったからな」

一緒に組んでいる泰平が言う。

「たんと食べて、また気張ってね」

おかみのおはなが膳を運んできた。

正月らしく、飯に焼いた角餅(かくもち)がたっぷり入った雑煮(ぞうに)、それに昆布巻(こぶま)きや田作りなどがとりどりにつく。江戸屋らしい盛りのいい膳だ。

「これを食ったら力が出るんで」

松太郎が笑みを浮かべた。

飯屋には近くの河岸で働く者たちも食べに来ていた。こちらも正月から忙しいようだ。頬被りをしている者もいる。河岸のつとめは稼ぎになるから、なかには食いつめた武家もいるらしい。

ほどなく、おすみが速足でやってきた。

「出前を五膳、お願いします」

おすみは小気味よく告げた。

「五膳ね、はいよ」

と、おはな。

「承知で」

仁次郎が厨(くりや)から言った。

「いよいよ今月は祝言(しゅうげん)だな」

「めでてえこった」

ほかの駕籠かきが言う。

「これからも気張りますんで」

おすみが笑顔で答えた。

膳はたちどころにできた。

「為吉さあん、できたわよ」

おすみが駕籠屋のほうへ声をかける。

「はいよ」

甚太郎と話をしていた為吉が急いで出てきた。

飯屋の前にはもう出前駕籠が置かれている。

膳を入れた倹飩箱(けんどんばこ)を吊るすと、まもなく祝言を挙げる若い二人の出前駕籠が動きだした。

「行ってらっしゃい」

おはなが送り出す。

「正月早々、すっころばねえようにしな」

松太郎が妹に言った。

「お兄ちゃんも、次のつとめが待ってるよ」

おすみが言う。

「分かってら」

「そろそろ行くか」

松太郎と泰平が腰を上げた。

「稼いできな」

あるじが笑みを浮かべる。

「へい」

「承知で」

若い駕籠かきの声がそろった。

二

「正月早々から手柄だな」

月崎同心が笑みを浮かべた。

初詣客でにぎわう浅草寺(せんそうじ)の境内(けいだい)だ。

「見えちまったもんですから、へへへ」

得意げに言ったのは、猫又の小六だった。

巾着切りに気づき、たったいま同心とともに捕まえて番所に引き渡したところだ。

「その調子で、破邪顕正流の残党も捕まえてくれ」

引き続き、境内を見廻りながら、月崎同心が言った。

「向こうも警戒して、屋敷にゃ帰ってねえようですが」

小六が答えた。

閂の大五郎はべつの場所を見廻っている。火盗改方とつないで、破邪顕正流の残党探しを受け持っている小六だけが同心とともに浅草寺にいた。

「似面も新たにつくり直したからな。そのうち網にかかるだろう」

月崎同心はそう言うと、行く手に目を凝らした。

見慣れぬ易者の姿があった。

長いあごひげを生やした異貌で、色は浅黒く、炯々たる眼光をしている。

「あんな易者はいたか」

月崎同心は小声で問うた。

「最近出るようになった易者で、当たるっていう評判でさ」

地獄耳の小六が答えた。

近づくと、易者ははっとしたような顔つきになった。

いくたびか瞬き（まばたき）をし、剣豪同心の顔をまじまじと見る。

「おれの顔に何かついているか」

半ば戯れ言（ざれごと）めかして、月崎同心は問うた。

「畏（おそ）れながら……」

易者はそう言ったところで言葉を切った。

その顔には逡巡（しゅんじゅん）の色が浮かんでいた。

「何か相が浮かんでいるのなら、はっきりと申せ。おれは町方の隠密廻り同心だ」

今日は着流しだが、駕籠屋に身をやつしたりもする男がうながした。

「はい。では」

眼光の鋭い易者は思い切ったような顔つきになった。

まだ壮年で易者としては若いが、人生の年輪を積んできたような風貌だ。

「剣難の相のごときものが見えます」

易者はそう告げた。

「剣難？」

剣豪同心が問い返す。

「ここにいる旦那は敵なしの腕前だぜ。見間違いじゃねえのかい」

小六が不服そうに言った。

「剣難の相の『ごときもの』と申し上げました」

易者は軽く右手を挙げた。

「と申すと？」

月崎同心が間合いを詰めた。

「ありていに言えば……」

易者は同心の顔をもう一度見てから続けた。

「常ならぬものと戦わざるをえなくなる、そんな危難の相が見えます」

「常ならぬもの、か」

月崎同心の眉間にうっすらと縦じわが浮かんだ。

「魔除けでしたら、ご用意できます。呪文も授けましょう」

易者はかたわらに置いてあった嚢を開いた。

「そうやって、馬鹿にならねえ銭を取るんじゃねえのかい」

小六が疑わしげに言った。

「おめえは黙っててくれ」

月崎同心が言った。

「へえ」

小六は不承不承にうなずいた。

「これが魔除けでございます」

易者がそう言って嚢から取り出したのは、木彫りの仏像だった。

あの黒観音とも一脈通じるたたずまいの観音像だ。

「ふところに入れておくのか」

月崎同心が訊いた。

「いざという時のために、お教えします」

易者の表情が引き締まった。

「呪文のたぐいか」

月崎同心はさらに問うた。

「さようです。短いものですので、すぐ憶えられるかと」

易者は答えた。

「分かった。教えてくれ」

易者の表情を見てから、月崎同心は言った。

常ならぬものがいかなるものか分からぬが、備えはしておかなければならない。

そう悟るものがあったのだ。

その後しばらく、浅草寺の境内で、小声で呪文が伝授された。

何度か復唱すると、その言葉はしっかりと頭に刻みこまれた。

「これで大丈夫でしょう。くれぐれもお気をつけて」

総髪の易者は深々と頭を下げた。

三

正月の時はことに速く流れるように感じられる。

三が日が終わったと思ったら、もう七草になった。

飯屋の膳には七草粥が出た。江戸屋らしいたっぷりの粥で、七草がふんだんに入っている。

「腹がふくれる七草粥はうちくらいだぜ」

「そりゃ、江戸屋は盛りの良さで名が轟いてるからよ」

「江戸じゅうにかい」

「まあ、京橋くらいまでだな」

駕籠かきたちが掛け合う。

そんな調子で七草が終わり、しばらくは寒い時分ならではの膳が続いた。

ほうとう鍋は武州の醤油味ばかりでなく、甲州の味噌仕立ても出た。これには南瓜を入れると味噌の甘みと響き合って実にうまい。

味噌といえば、八丁味噌を使った煮込みうどんも冬場の江戸屋の名物だ。ただの鍋焼きうどんでもそうだが、大ぶりの海老天が入る。

煮奴におでん鍋。鰤大根に寒鰈の煮つけ。冬の顔が日替わりで供されているうちに、忘れられない日がやってきた。

辻斬りの犠牲になってしまった泰平と吉平の父の巳之助と、為吉の相棒だった若い新松の一周忌だ。

法要を終えた面々は、飯屋で呑み直した。

「早いもんだな」

駕籠屋のあるじの甚太郎が言った。

「あっという間で」

泰平がしみじみと言う。

「そのあいだに、吉平はおやじの好物だった鰤の照り焼きを上手につくれるようになったんで」

飯屋のあるじの仁次郎が厨から言った。

「いまできるから」

座敷に父が座っているかのように、吉平が言った。

「鰤の照り焼きは新松も好きだったな」

為吉が瞬きをした。

辻斬りに殺められた新松とはよく一緒に駕籠を担いだものだ。

「年忌が明けたら、いよいよ祝言だ。おすみを頼むぞ」

甚太郎がそう言って酒をついだ。

「へい。こちらこそよしなに」

一つ頭を下げてから、若い駕籠かきは猪口の酒を呑み干した。

照り焼きができた。

おはなが盆を運ぶ。吉平も出てきた。

「あんたが置いて」

飯屋のおかみが修業中の若者に言った。

「へい」

吉平は皿を慎重に手に取ると、座敷に据えられた脚つきの膳の上に載せた。

亡き父の陰膳だ。

「おとっつぁんの好物だよ」

少しかすれた声で吉平は言った。

「おめえも食え、新松」

もう一つの陰膳に、為吉が鰤の照り焼きを載せた。

「いい色だ」

甚太郎がうなずく。

「しんみりしてねえで、どんどん飲み食いしてくんな」

仁次郎が言った。

「おう、焼きたてを食え」

甚太郎が手つきをまじえて言った。

「へい」

「いただきまさ」

泰平と為吉が箸（はし）を取った。

その後は祝言の宴の話になった。

いつ貸し切りで開くか、だれを呼ぶか、段取りは次々に決まった。

「気を入れてつくるからよ」

仁次郎が主役になる為吉に言った。

「どうかよしなに」

為吉は白い歯を見せた。

四

その日が来た。

飯屋の前には、こんな貼り紙が出た。

本日ひるから貸し切りです。

朝膳のみ。

出前はお休みです。

江戸屋

焼き魚に根深汁、昆布豆と大根菜の胡麻和えがついた朝膳がおおかた終わると、厨は宴の支度に入った。

仁次郎がことに気合いを入れて、大ぶりの鯛をたくさん仕入れてきた。生け簀には伊勢海老も入っている。あとは料理を待つばかりだ。

「こら、駄目よ」

座敷に座った儀助が猫のみやとさばに言った。

白木の三方に載った焼き鯛が並びはじめている。猫がそわそわするのも無理はなかった。

「ちゃんと見張っててよ」

おはなが子供たちに言った。

「うん、見てる」

娘のおはるが猫たちを見て答えた。

そうこうしているうちに、宴に出る者たちがしだいに集まってきた。

祝言の宴といっても、さほど構えたものではない。そもそも、飯屋にはむやみに人を入れられないから、頭数を絞らざるをえなかった。

為吉の実家の三河島村には、前に甚太郎がおすみとともにあいさつに出かけている。遠くから招くのも相済まないので、このたびは江戸屋の身内だけで行うことにした。

飯屋は昼から休みだが、駕籠屋は朝からすべて休みにした。月に二度はこういう休みを入れることにしている。たまには骨休めも必要だ。

そんなわけで、おすみの両親の甚太郎とおふさ、兄の松太郎はもとより、泰平や巳之吉など、為吉の仲間たちが次々に顔を見せた。

為吉とおすみは早めに姿を現し、すでに座敷に陣取っていた。一方のおすみは桜の裾模様の小袖に白い綿帽子だ。

為吉は紋付袴に威儀を正している。

「だれかと思ったぜ」

「でも、似合いじゃねえかよ」

「その恰好で出前駕籠を担いだら、みなひっくり返るぜ」

駕籠かきの仲間が口々に冷やかす。

宴に招かれたのは、江戸屋の者ばかりではなかった。

十手持ちの大五郎親分と手下の小六、そしてもう一人、祝言の立会人が姿を現した。

それは、月崎陽之進同心だった。

五

「これで名実ともに夫婦駕籠だな」

月崎同心がそう言って笑った。

固めの盃が無事終わったところだ。

「ほっとしました」

為吉が肩の荷を下ろしたように言った。

「もう食べていいのかな？」

おすみが焼き鯛を手で示した。

「食うことばっかり考えてたのかよ、おめえは」

松太郎があきれたように言った。

「だって、おなかすいたんだもん」

おすみは帯に手をやった。

「初々しさがねえ花嫁だな」

大五郎親分が苦笑いを浮かべた。

「そりゃ、だいぶ前から一緒に暮らしてますからね」

小六が言う。

「まあ、とにかく食え」

甚太郎が手つきをまじえた。

「はあい」

おすみは喜んで箸に手を伸ばした。

それを待っていたかのように、おかみのおはなが大皿を運んできた。

「おお、こりゃ豪勢だ」

「見事な出来じゃねえか」

駕籠かきたちが口々に言った。

今日は休みだが、いつもの習いでみな山吹色の鉢巻きを締めている。

大皿に盛られていたのは、鯛の姿盛りだった。腹のところに刺身がいい感じに盛られている。

「おいらも手伝ったんで」

吉平が自慢げに言った。

「腕が上がったな」

兄の泰平が言う。

「いや、直しが入ったんで、まだまだだよ」

弟が答えた。

「ああ、うめえ」

「鯛の身がこりこりしててうめえな」

駕籠かきたちが笑みを浮かべた。

「何だ、今日は貸し切りかい」

「せっかく来たのによ」

河岸で働く男たちが貼り紙を見て言った。

「相済みません。祝言の宴で」

おはながすまなそうに言った。

「そうかい。そりゃ仕方ねえな」

「めでてえこって」

「似合いじゃねえか」

河岸の男たちが言った。

その後ろのほうには、頬被り姿の男も二人立っていた。

山吹色の鉢巻きを指さして、片方が小声で何か言った。

「なら、また明日出直すぜ」

「二日分食ってやらあ」

河岸の男たちが言った。

「お待ちしております」

飯屋のおかみが明るい声で答えた。

六

「これからも気張ってくんな」

月崎同心が為吉に酒をついだ。

「恐れ入ります、旦那」

新郎が恐縮しながら受ける。

ここで大きな椀（わん）が運ばれてきた。

縁起物の伊勢海老が入った味噌汁だ。

「わあ、おいしそう」

おすみが声をあげる。

「おすみちゃんはお代わりしてもいいわよ」

おはなが言った。

「ほんとですか？」

新婦の瞳が輝く。

「そりゃ主役だからよ」

厨から仁次郎が言った。

「ほどほどにしとけよ。恰好悪いから」

甚太郎が苦笑いを浮かべた。

「はあい」

おすみはそう言いながらも、さっそく椀に手を伸ばした。

伊勢海老のだしが出た深い味わいの味噌汁は大好評だった。

「白い飯も食いたくなる味だな」

「おじやにしてもうまそうだ」

駕籠かきたちが言う。

「なら、このへんで余興を」

大五郎親分が両手を軽く打ち合わせた。

「やりますかい」

小六が座り直した。

「よっ、待ってました」

「甚句（じんく）の名手」

すかさず声が飛んだ。

「なら、為吉とおすみちゃんの出前駕籠……じゃなくて、晴れて夫婦になったのを祝いまして、甚句を一つ」

小六が言った。

「こいつは相撲（すもう）のほかなら何でもできますんで」

大五郎親分がそう言ったから、飯屋に笑いがわいた。

「相撲だけはからっきし弱かったですが」

と、小六。

「そりゃ、猫だまししか得意技がなかったら勝てねえや」

閂の大五郎の異名を取る大男が言った。

そんな流れで、小六の甚句が始まった。

山吹光る　松川町に
駕籠屋飯屋の　江戸屋あり
（ハア、どすこい、どすこい）

小六が張りのある美声を響かせ、大五郎親分が大きな手を打ち合わせながら合いの手を入れる。かつては相撲甚句で鳴らしたから、文句は「ハア、どすこい、どすこい」だ。

いいとこどりの　出前駕籠
担ぐは為吉　おすみなり
（ハア、どすこい、どすこい）

力合わせた　夫婦駕籠
うまいものをば　届けんと
（ハア、どすこい、どすこい）
今日は東で　明日は西
江戸の町をば　ひと走り
（ハア、どすこい、どすこい）
めでためでたの　夫婦駕籠
向後（こうご）もよしなに　頼みます
（ハア、どすこい、どすこい）

小六がゆっくりと頭を下げて甚句を終えると、江戸屋はやんやの喝采（かっさい）に包まれた。

為吉もおすみも笑顔だ。

「なら、当人たちからあいさつだな」

甚太郎が段取りを進めた。

「へい」

為吉が座り直した。

「本日はありがたく存じました。この先も、おすみちゃんと二人で気張ってやりますんで、どうかよしなに」

新郎はそう言って頭を下げた。

「それで終わりか？」

「短けえな」

「ややこも気張ってつくれ」

酒が回ってきた仲間から声が飛ぶ。

「なら、女房も」

甚太郎は娘を手で示した。

「為吉さんと力を合わせて気張りますんで、よろしゅうお願いいたします」

おすみは笑顔で頭を下げた。

「そんなわけで、至らぬところもありましょうが、まあよしなに」

最後に、甚太郎がまとめた。

そこでおかみが締めの料理を運んできた。

おめでたい紅白蕎麦(そば)だ。

白は御膳粉(ごぜんこ)、紅は色粉を用いている。締めにさっぱりと食すのにはもってこいの料理だ。

「ああ、おいしい」

蕎麦を啜(すす)るなり、おすみが言った。

「忘れられねえ味になるな」

半ば独りごちるように言うと、甚太郎は改めて娘の花嫁姿を見た。

第七章　切通しの暗闘

一

為吉とおすみは、翌日からまた出前駕籠のつとめに戻った。

初めの届け先は、火盗改方の役宅だった。長谷川与力が八人前を頼んでくれた。

今日の膳は、おでんと炊き込みご飯とけんちん汁だった。

どれも具だくさんだ。おでんは大根に里芋に蒟蒻にがんもどき、それに、油揚げを干瓢で結んだ宝袋まで入っている。

宝袋の中身は、干し椎茸と鶏のひき肉としらたきの炒り煮だ。しっかり味をつけ、ゆで銀杏を入れる。まさに宝袋だ。

「今日の膳はみな喜ぶぜ。気張って運んでくんな」

仁次郎が為吉に言った。

「へい、合点で」

為吉がいい声を響かせた。

ここでおすみも駕籠屋のほうから出てきた。

「そろそろ行くよ」

為吉が女房に言う。

「はいよ」

おすみは笑顔で答えた。

ややあって、支度が整った。

はあん、ほう……。

はあん、ほう……。

夫婦で担ぐ出前駕籠が息を合わせて進んでいく。

「おやっさんは出番待ちかい」

飯屋で膳を食していた巳之吉に、若い駕籠かきが声をかけた。

「おいらはずっと控えでいいや。そのほうが楽だからよ」

巳之吉が笑った。

「素性(すじょう)の知れてるところは、為吉とおすみちゃんが行けますからね」

おかみのおはなが言う。

「いまの出前はどこだい」

「長谷川の旦那(だんな)のところで」

「火盗改方か。そりゃ、悪さをするやつはいねえや」

若い駕籠かきが笑みを浮かべた。

飯屋にはほかにも客がいた。

河岸で働いているとおぼしい男が二人、黙々と箸(はし)を動かしている。食べるときくらい頬被りを外せばよさそうだがそのままだ。ことによると、武家の髷(まげ)を見られたくないのかもしれない。

どちらも力がありそうな体つきだ。片方がもう片方に顔を近づけ、小声で何か言った。

ややあって、二人の客は膳を食べ終え、銭を払って出ていった。

「毎度ありがたく存じます」

おはなが明るい声で言った。

返事はなかった。

わけのありそうな二人の客は、そそくさと飯屋から離れた。

二

その日の夕方――。

ぼろぼろの木賃宿で酒盛りが始まっていた。

河岸で働いているときは頬被りをして、武家の髷を隠しているが、いまはむろんやつしではない。

片方は本名が三村龍三郎の三日月剛太郎。

もう片方は西条三郎太の北条剣星。

いずれも破邪顕正流の残党だ。

「山吹色(やまぶきいろ)に見覚えがあると思ったら、火盗改方の息がかかっていたか」

三日月剛太郎はそう言うと、茶碗酒をあおった。

「神田多町の鍛錬館へ道場破りに赴(おもむ)いたが、通行人や駕籠かきどもに騒がれて邪魔をされてしまった。まあ、道場主と師範代はあとで成敗(せいばい)してやったが」

北条剣星も続く。

「その駕籠に、山吹色の紐が結わえつけられていた」

三日月剛太郎がにやりと笑った。

「江戸屋の駕籠だ。忍びで飯屋のほうへ行ってたしかめたから間違いはない」

北条剣星が仲間に酒をつぐ。

「われらの邪魔をするとは不届き千万」

三日月がさっそく酒を啜った。

「ならば、成敗してやるか」

と、北条。

「ただ成敗するだけではつまらぬな」

厚い胸板の男が言った。

「さよう。金も奪いたいところだ」

首の長い男が妙な手つきをする。

「なにゆえ、このおれが河岸の仕事で食いつながねばならぬ」

三日月剛太郎が不満げに言った。

「とはいえ、屋敷には触れが回っているだろうからのう」

北条剣星が眉間にしわを浮かべた。

「おれの父は厳格ゆえ、下手したら切腹だからな」

三日月剛太郎が腹を切るしぐさをした。

「うちもそうだ。とても危なくて帰れぬ」

北条剣星はそう言って、苦そうに酒を呑み干した。

「となれば、駕籠の客を襲って、金をせしめるしかあるまいな。道場破りはもう難しいゆえ」

三日月が言った。

「江戸屋は京橋に近いから、大店の筋のいい客が乗るようだ。ふふ」

北条が嫌な含み笑いをした。

「ならば、つまらぬ河岸のつとめはほどほどにして、駕籠を見張るか」

三日月剛太郎が水を向けた。

「そうだな。金もうけと意趣返しを一時にできるぞ」

北条剣星が乗り気で答えた。

かくして、破邪顕正流の残党たちの相談がまとまった。

三

「京橋の千歳屋でございます。四半刻（約三十分）後に一挺お願いしたいのですが」

呉服問屋の手代が指を一本立てた。

「毎度ありがたく存じます。どちらまで？」

駕籠屋のおかみのおふさがたずねた。

「根津の万屋まで。手前どものあるじは鰻が好物なので」

手代が笑みを浮かべた。

「前にも運ばせていただきましたね。かしこまりました」

おふさは愛想よく答えた。

「で、食べ終わるまで待っていただいて、また運んでいただければと」

手代がいくらか申し訳なさそうに言った。

「承知しました。四半刻後に向かわせますので」

おふさが請け合う。

「お願いいたします。では」

手代は一礼して去っていった。

話を聞いていた甚太郎が奥から出てきた。

「飯屋にいるやつらを捕まえてこよう」

甚太郎がすぐさま動いた。

飯屋では、ちょうど泰平と松太郎が膳を平らげていた。

近くには、大五郎親分と小六もいる。

「ちょうどいいや。食ったら、京橋の千歳屋へ頼む。四半刻後だから、あわてなくていいが」

甚太郎が駕籠かきたちに告げた。

「承知で。どこまで？」

跡取り息子の松太郎がたずねた。

「根津の万屋だ。あるじが鰻を食いに行くそうだ」

甚太郎が答えた。

「鰻の名店だからな。おいらも食いてえな」

大食いの大五郎親分がそう言って箸を動かした。

「あそこの蒲焼き(かばや)は絶品だっていう評判ですからな」

と、甚太郎。

「番付にも載ってますね」

泰平が言う。

「まあ、これもうめえから」

松太郎が箸を動かした。

今日の膳の顔はかき揚げ丼だ。味の濃い金時人参をふんだんに使い、海老も入った大ぶりのかき揚げがどんと載っている。

たれが多いほうが好みなら、言えばおはなか吉平が壺を携え(たずさ)てつぎ足してくれる。このたれだけでも丼飯(どんぶりめし)をわしわし食えるという評判だ。

これに豆腐と若布(わかめ)の味噌汁と二種の小鉢がつく。小松菜のお浸しと昆布豆だ。腹にたまって身の養いにもなる江戸屋の膳は今日も大好評だった。

「そうだな。このかき揚げ丼も絶品だ。……ん？　どうかしたか」

大五郎親分が手下のほうを見た。

「あそこに立ってるやつ、前にも見かけたんですが」

小六が声をひそめてあごをしゃくった。

江戸屋の外に立っていたのは、頬被りをした男だった。河岸で働いているようないでたちだ。

「それが何か？」

甚太郎が案じ顔で問うた。

「へえ、実は……」

小六は外の様子を見てから話しはじめた。

四

はあん、ほう……。

はあん、ほう……。

小気味いい声を響かせながら、山吹色の紐を結わえつけた駕籠が進む。

先棒は泰平、後棒が松太郎だ。

「悪いねえ。食べ終わるまで待ってもらうことになって」

千歳屋のあるじの庄兵衛（しょうべえ）が駕籠の中から言った。

「いえいえ、お安い御用で」

松太郎が如才(じょさい)なく言った。

「どうぞごゆっくり」

泰平も和す。

「そろそろせがれに身代を譲って隠居する歳なんだが、年甲斐(としがい)もなく鰻が大好物でね」

呉服問屋のあるじが上機嫌で言った。

「鰻は精がつきますから」

「そりゃ何よりで」

江戸屋の駕籠かきたちが言った。

「中食(ちゅうじき)の出前も鰻ばっかりでね。なのに、万屋の鰻が無性に食べたくなって」

話し好きの庄兵衛が言った。

駕籠を使って鰻を食べに行くだけだから、お付きの手代などはいない。大店のあるじが一人だけだ。

「江戸屋も出前をやってますんで。よろしかったら」

跡取り息子が駕籠を担ぎながら水を向けた。

「ああ、おいしいという評判だね。このあいだ寄り合いで聞いたよ」

千歳屋のあるじが言った。

「あいにく鰻はやってませんが、どれもこれもうめえんで」

弟が厨に入っている泰平がここぞとばかりに言った。

「はは、そのうち頼んでみよう」

駕籠の中から返事があった。

湯島の切通しを過ぎ、駕籠は滞りなく根津の万屋に着いた。

もうだいぶ暗くなってきたから、帰りは提灯に灯が入る。

「なら、すまないね」

駕籠から下りた客が軽く右手を挙げた。

「へい、どうぞごゆっくり」

「帰りもよしなに」

江戸屋の駕籠かきの声がそろった。

五

帰りを待っているあいだに動きがあった。

松太郎と泰平に声をかけた者がいたのだ。

その言葉を聞いて、駕籠かきたちの表情がぐっと引き締まった。

ややあって、千歳屋の庄兵衛が笑顔で姿を現した。

「いやあ、鰻も酒も極上だったね」

見送りに出てきたおかみに向かって、満面の笑みで言う。

「ありがたく存じました。またお待ちしております」

おかみはていねいに一礼した。

「なら、待たせたね、駕籠屋さん」

庄兵衛は江戸屋の二人に言った。

「へい」

「京橋まで戻ります」

いい声が返ってきた。

はあん、ほう……。

はあん、ほう……。

声を合わせて、駕籠は進む。

もうすっかり夜だ。提灯の灯りがくきやかに闇に浮かぶ。

「そろそろ切通しだね」

庄兵衛が言った。

「へい、駕籠屋の腕の見せどころで」

「あんまり揺れねえようにしますんで」

松太郎と泰平が言った。

その駕籠の動きを、ひそかに見張っていた者たちがいた。

湯島の切通しは昼でも人気がないところだ。夜はことに暗く寂しい。追い剝ぎなどが出ることで悪名高いこの場所で、獲物が来るのを見張っていたのは、二人の武家だった。

三日月剛太郎と北条剣星。

破邪顕正流の残党が、江戸屋の駕籠を狙っていた。

六

「あれか?」

三日月剛太郎が前方を指さした。

「そうかもしれぬ」

北条剣星が身を乗り出した。

飯屋の前で頬被りをしてさりげなく張り込んでいた北条剣星の耳に、待ちに待った知らせが飛びこんできた。

京橋の呉服問屋、千歳屋のあるじが根津の万屋へ鰻を食いに行くので、江戸屋の駕籠が動くことになったらしい。

お付きはいない。あるじだけだ。

根津の万屋といえば、江戸じゅうに名の轟く名店だ。鰻重の松は法外な値を取る。

羽振りのいい呉服問屋のあるじだから、巾着はさぞや重いだろう。恰好の獲物だし、道場破りの邪魔だてをした江戸屋に意趣返しもできる。

　北条剣星はすぐさま三日月剛太郎に伝えた。そしていま、ともに切通しに身を隠して獲物を待っているところだ。

　駕籠がさらに近づいてきた。

　ほかに人影はない。見えるのは駕籠の提灯だけだ。

　そこに記された屋号がはっきりと見えた。

　丸に「江」。

　江戸屋だ。

「間違いない」

　北条剣星がしゃがれた声で言った。

「駕籠かきは斬っていいぞ」

　三日月剛太郎が刀の柄に手をかけた。

「おう」

　北条剣星が短く答えた。

「あるじのほうは巾着を奪ってから峰打ちだな」

　三日月剛太郎が闇の中でにやりと笑った。

「身代金を取るか」

もう一人の残党が訊く。

「巾着だけでは惜しい。千歳屋をゆすれば、少なくとも百両は下るまい」

三日月はそんな皮算用をした。

「よし、やってやる」

北条剣星が前へ躍り出た。

「天誅だ」

三日月剛太郎が続く。

江戸屋の駕籠に危難が迫った。

七

「うわっ」

松太郎が声をあげた。

「何でえ」

泰平が叫ぶ。

「駕籠屋さんっ」

庄兵衛がうろたえる。

「天誅！」

三日月剛太郎が抜刀した。

「覚悟せよ」

北条剣星も続く。

駕籠かきも客も、むろん丸腰だ。

危難が迫った。

だが……。

そのとき、足音が響いた。

「待て」

鋭い声が響いた。

その声の主は、月崎陽之進同心だった。

「逃げろっ」

松太郎が叫んだ。

「旦那、こっちで」

泰平が千歳屋のあるじを誘導する。

「ひ、ひえっ」

庄兵衛があわてて逃げだした。

三日月剛太郎と北条剣星が追おうとする。

その前に、剣豪同心が立ちはだかった。

「われこそは、闇同心、月崎陽之進なり。破邪顕正流の残党ども、覚悟せよ」

そう告げて抜刀する。

江戸屋の近くで見張りをしているとおぼしい頬被りの男に小六が気づいた。千歳屋へ駕籠を手配する話を耳にした男が「しめた」とばかりに動いたのを見た小六は、急いで奉行所へ走り、月崎同心に伝えた。

こうして、網が絞られ、湯島の切通しの捕り物につながったのだ。

「ちょうどいい。返り討ちにしてやれ」

三日月剛太郎が力んだ。

「おう」

北条剣星が抜刀する。

「来い」

剣豪同心は剣を構えた。

八

初めに打ちこんできたのは、三日月剛太郎だった。

その名のとおり、剛毅な剣だ。

ただし、胸板は厚いが上背はない。大上段から打ち下ろす一刀流のような恐ろしさには欠けていた。

「ぬんっ」

初太刀を受けると、剣豪同心は間合いを詰めた。

わずかに月あかりがある。敵の顔が見える。

三日月剛太郎は必死の形相だった。

「破邪、破邪」

だしぬけに、素っ頓狂な声が響いた。

北条剣星だ。

邪道だが侮れぬ剣の遣い手は、例によって剣先で地面をたたき、面妖な声を発しながら襲ってきた。

「その手は食わぬ」

陽月流の遣い手がすぐさま払いのける。

「死ねっ」

今度は三日月剛太郎が突っこんできた。

身の重みをすべて乗せた突きだ。

「ていっ」

剣豪同心は軽くいなした。

そこで呼子が響いた。

やっとひと息ついた松太郎が、ふところに呼子を潜ませていることを思い出して吹いたのだ。

「番所へ急げ。客を守れ」

月崎同心は口早に言った。

「へい」

「承知で」

松太郎と泰平の声がそろった。

「そうはさせぬ」

北条剣星が動いた。

「ひえっ」

庄兵衛が短い悲鳴をあげた。

月崎同心は、またしても果断に動いた。

北条剣星の前へ身を躍らせ、剣を突きつける。

「逃げろ。早く」

駕籠かきと客に告げる。

幸いにも、ここでべつの駕籠が通りかかった。

「追い剝ぎだ。番所へ」

機転を利かせて、松太郎が告げた。

「いけねえ」

「引き返せ」

もう一挺の駕籠の提灯が揺れた。

「てやっ」

三日月剛太郎がなおも突きを放ってきた。

「ぬんっ」

体をさっとかわし、剣豪同心が打ち返す。

火花が散った。

「破邪、破邪」

北条剣星が身をかがめ、やにわに下から剣を突き上げてきた。

まるで蛙(かえる)が跳ぶような動きだ。

これも見切った。

さっといなすと、敵は獲物を見失ってたたらを踏んだ。

いまだ。

剣豪同心は隙を見逃さなかった。

ぐっと踏みこみ、袈裟懸(けさが)けに斬る。

手ごたえがあった。

「ぐわっ」

北条剣星が悲鳴をあげた。

「慈悲だ」

闇同心の剣が一閃(いっせん)した。

面妖な剣を操(あやつ)る剣士は、前のめりに斃(たお)れて動かなくなった。

九

残るは三日月剛太郎だけになった。

月あかりがその顔を照らす。

破邪顕正流の残党は、悪鬼のごとき形相になっていた。

こういうときこそ注意せねばならない。敵は捨て身の攻撃を仕掛けてくる。

剣豪同心は構え直した。

三日月剛太郎は坂の上手(かみて)に立とうとした。がっしりした体格だが上背のない剣士にとってみれば、そうすれば少しでも優位に立つことができる。

だが……。

剣豪同心は、その動きを即座に見切った。

「とりゃっ」

剣を振るい、敵に余裕を与えまいとする。

「そこをどけっ」

三日月剛太郎は業(ごう)を煮やして叫んだ。

「剣士なら、斬り抜けてまいれ」

剣豪同心は挑発した。

「小癪(こしゃく)な」

三日月剛太郎の顔がゆがむ。

「破邪顕正流は腰抜けぞろいか」

剣豪同心はなおも言った。

「黙れ」

敵は剣を大上段に構えた。

「うぬでいよいよ終(しま)いだ。悪しき者どもが除かれ、江戸の町は平らかになる」

そう言うなり、剣豪同心も上段の構えになった。

陽月流の遣い手が坂の上手だ。

ただでさえ上背にまさる剣豪同心の剣は、敵の脳天に先んじて届いた。

「ぐわっ」

絶叫が放たれた。

剣豪同心の正義の剣が、敵の頭を斬り裂いた。

ばっ、と血しぶきが舞う。

破邪顕正流の最後の一人、三日月剛太郎は面妖な舞を披露（ひろう）するような動きを見せた。

「仲間のもとへ行け」

そう言うと、剣豪同心は袈裟懸けに斬ってとどめを刺した。

もはや声も放たれなかった。

三日月剛太郎は切通しに斃れた。

第八章　寒鰤と寒鰈

一

「抜け駆けをするかたちになってしもうたな、平次」

月崎同心がそう言って渋く笑った。

「なんの、悪党退治が一番ゆえ。さすがの早業で」

長谷川与力が答えた。

例によって自彊館(じきょうかん)で稽古(けいこ)を終え、江戸屋で膳を食べはじめたところだ。

「危ねえところを助けていただいて」

「命の恩人でさ」

ちょうど松太郎と泰平もいた。

どちらも同心に礼を言う。

「いや、小六が勘づいてくれたおかげだ。いずれにしても、危ないところだったが」

剣豪同心は笑みを浮かべた。

「今度、顔を見たらおごらねえと」

「ありがてえこって」

駕籠(かご)かきたちが言った。

「まあ、何にせよ、破邪顕正流の悪党どもがこれで一掃(いっそう)されたのは重畳(ちょうじょう)です」

長谷川与力がそう言って、蛤(はまぐり)ご飯を口に運んだ。

今日の飯屋の膳は蛤づくしだ。

盛りのいい蛤ご飯に焼き蛤と蛤吸(はます)いまでついている。なかには蛤の三役揃い踏み膳だと言う客もいた。

仁次郎が仕入れたのは、身がぷりぷりした活きのいい蛤だ。飯に焼き物に椀(わん)、どれもまずかろうはずがない。

「たしかに、一掃はされたようだが……」

月崎同心はそう言って、蛤吸いを少し啜(すす)った。

「まだ何か気がかりなことでも？」

鬼与力が問うた。

「これはおぬしには言っていなかったのだが、正月に浅草(あさくさ)の易者から妙なことを言われてな」

剣豪同心は例の件を手短に伝えた。

鬼与力はしばし箸(はし)を止めて聞いていた。

「なるほど、常ならぬものと戦うことになると」

長谷川与力は話をのみこんでうなずいた。

「破邪顕正流の残党は、さような常ならぬものではなかった。念のためにお守りを肌身離さず持っていたが、まったく使いどころがなかった」

月崎同心が言った。

「出番がなかったのは何よりで」

松太郎が横合いから言う。

「易者の見立てが必ず当たるわけでもないでしょう」

仁次郎が厨(くりや)から言った。

「まあ、たしかにな」

月崎同心はそう答えると、今度は焼き蛤に箸を伸ばした。

二

翌（あく）る日――。

江戸屋に手土産を提げて現れた者がいた。

京橋の呉服問屋、千歳屋のあるじの庄兵衛と番頭だ。

「このたびは、危ないところを助けていただきまして、ありがたく存じました。いささか具合が悪かったもので、ごあいさつが遅くなってしまいました」

庄兵衛はそう言って頭を下げた。

「せがれも駕籠を担いでいたので、くわしい話を聞いております。危ないところでございましたね」

甚太郎が笑みを浮かべた。

「はい。あわやというところで呼子（よびこ）を吹いていただいて、お武家さまが助けてくださって、九死に一生を得ました」

千歳屋のあるじが言った。

「そのようですね。だしぬけに現れた助けの神のようなお武家さまです」

正体は月崎同心だと分かっていたが、甚太郎は素知らぬ顔で答えた。

「ありがたいことでございます」

庄兵衛が両手を合わせた。

ここで出前駕籠が戻ってきた。今日も為吉とおすみの夫婦駕籠だ。

「今日の飯屋の膳は何だい」

甚太郎が問うた。

分かっていたのだが、客の耳にも入るようにあえてたずねたのだ。

「へい。寒鰤の照り焼きにけんちん汁の膳で。うまいですよ」

為吉が心得て答えた。

「どこへでもお届けいたしますので」

おすみも笑顔で言った。

「出前もよろしゅうございますね、旦那さま」

番頭が水を向けた。

「そうだね。ただ、今日はすぐそこで食べられるんだから」

庄兵衛が身ぶりをまじえた。

「ぜひ召し上がっていってくださいまし」

おかみのおふさが笑みを浮かべた。

「出前も温石（おんじゃく）入りでお届けしますけど、できたてはことにおいしいですから」

おすみも和す。

「では、舌だめしを兼ねて寄らせていただきましょう」

千歳屋のあるじがさっそく言った。

「なら、わたしも腹ごしらえに」

江戸屋のあるじも続いた。

三

「おっと、仕上げを忘れてるぜ」

仁次郎が弟子に言った。

「あっ、いけねえ」

吉平はそう言うと、たれをさっと鰤の身にかけ、串元のたれを拭き取ってから串を抜いた。

江戸屋の寒鰤の照り焼きは冬の名物料理だ。いままでいくたびも膳の顔になっている。

「初めから終(しま)いまで気を抜くな」

飯屋のあるじが言った。

「へい、すんません」

弟子は素直に頭を下げた。

寒鰤の切り身に薄く塩を振って四半刻(しはんとき)(約三十分)ほどおく。それから塩を洗い流して水気をよく拭き取り、細かい切り込みを皮目に入れる。

酒と味醂(みりん)と醬油を合わせたたれに切り身を四半刻足らずつけ、味がしみたところでたれを拭き取って平串を打つ。いくらか波立たせるように打つと、美しい仕上がりになる。

盛り付けたときに表になるほうから焼き、串を回して裏も焼く。

六分どおり火が通ったところで、たれをかけながらまた乾かすようにあぶっていく。

これを二度繰り返していくうちに充分に火が通って上等の照り焼きになる。

そして、終いにさっとまたたれをかけて拭き取り、串を抜いて盛り付ける。江戸屋自慢の寒鰤の照り焼きの出来上がりだ。

初めてののれんをくぐってきた千歳屋の主従と甚太郎にも、さっそく膳が供された。

「これは口福(こうふく)の味ですね」

食すなり、庄兵衛が満足げに言った。

「けんちん汁もおいしゅうございます、旦那さま」

番頭が笑みを浮かべた。

「江戸屋のけんちん汁はずっしりと重いので」

甚太郎が大ぶりの椀を持ってみせた。

「具だくさんで胡麻油の香りもいい感じです」

庄兵衛がうなずく。

「出前でも大の人気なんですよ、けんちん汁は」

おかみのおはなが言った。

「では、そのうち出前をお頼みします」

千歳屋のあるじが乗り気で言った。

「そりゃあ、ぜひ」

厨から仁次郎が言った。

「鰻ばかり食うような歳でもないからね。これからは鰤の照り焼きだ」

庄兵衛はそう言ってまた箸を動かした。

「ほんに、この照り焼きの膳を食ったら、また力が出まさ」

土間の奥で飯を食っていた駕籠かきの梅治が言った。

足自慢で、遠駆けもいとわない頼りになる駕籠かきだ。

「おいら、三杯飯いけますぜ」

相棒の勘三郎が言った。

「おめえは食いすぎで、ちょいと腹が出てきたからよ」

すかさず梅治が言う。

「あんまり腹が出てきたら休みを減らさなきゃな」

甚太郎が半ば戯れ言で言った。

「いや、そりゃ、ほどほどにしときまさ」

勘三郎があわててそう言ったから、飯屋に和気が満ちた。

ややあって、千歳屋の主従が膳を食べ終えた。

「いや、来てよかったです。今後ともよしなに」

庄兵衛が笑みを浮かべた。

「ほんに、おいしゅうございました」

番頭は満面の笑みだ。

「またよろしゅうお願いいたします」

おはなが頭を下げた。

「出前は気を入れておつくりしますので」

仁次郎が笑顔で言った。

「駕籠屋と飯屋、二つの江戸屋を今後ともよしなに」

最後に、甚太郎がていねいに一礼した。

四

その翌日——。

江戸屋の駕籠が提灯（ちょうちん）に灯をともして進んでいた。

「近道で行くぜ」

先棒の梅治が言った。

「へい、承知で」

後棒の勘三郎が答えた。

客を運んだ帰りだから空駕籠だ。

本郷竹町に差しかかったところだった。ここから近道を抜け、筋違御門から繁華な八辻ヶ原に出る。そこで日本橋のほうへ向かう客を拾えれば好都合だ。江戸屋の駕籠かきなら、だれしもが考える動きだった。

途中で火事跡とおぼしい場所を通りかかった。

「おや？」

梅治がいぶかしげな声を発した。

「どうしました」

勘三郎が問う。

「いま、声が聞こえただろう。……ちょいと止まるぜ」

先棒が言った。

「へい」

後棒も足を止めた。

もとは長屋か、それとも道場のようなところだったのか。月あかりが無残な焼け跡を照らしている。

「空耳か？」

梅治は首をかしげた。

と、そのとき……。

たしかに聞こえた。

てやっ。

とりゃっ。

声ばかりではない。

木刀をまじえる甲高い音も響いてきた。

「焼け跡から聞こえますぜ」

勘三郎の声はだいぶふるえていた。

「おめえの耳にも聞こえるか」

梅治が訊いた。

「へい、聞こえまさ」

若い駕籠かきが答えた。

思い知れっ。

天誅（てんちゅう）！


怪しい声が高くなった。

「いけねえ」

梅治がまた空駕籠を担いだ。

「逃げましょう」

勘三郎も続く。

「ここはいけねえ」

「へい」

江戸屋の二人は一目散に逃げだした。

五

「そりゃ、間違いねえ。闇道場があったところだ」

松太郎が驚いたように言った。

「おいらも一緒に担いでたから」

泰平も言う。

翌日の飯屋だ。

梅治と勘三郎は、甚太郎にゆうべの出来事を告げてから飯屋で腹ごしらえをしていた。

そこへ、松太郎と泰平があわてて姿を現したところだ。

「道場の前を通ったことがあるのかい」

梅治が訊いた。

「ありまさ。看板の出てねえ闇道場で、あとで月崎の旦那が悪党を成敗したんで」

松太郎が答えた。

「火盗改方の旦那がたも、大五郎の親分さんも大の働きで」

泰平が和す。

「へえ、知らなかったな」

と、梅治。

「おいらも」

箸を動かしながら、勘三郎が言った。

今日の膳の顔は寒鰈のみぞれ煮だった。濃いめの味つけの煮汁に大根おろしをたっぷり入れると、ちょうどいい塩梅の味になる。これも冬場の恵みの味だ。

これに茶飯と浅蜊汁、それに大根菜の胡麻和えがつく。うまくて、腹にたまって、身の養いにもなる。非の打ちどころのない膳だ。

「闇成敗だから、かわら版に載ったりはしませんでしたが」

松太郎が言った。

「その燃えたはずの闇道場が？」

おはなが眉をひそめた。

「怪談にゃ、ちょいと早いけど」

厨から仁次郎が言った。

「とにかく、たしかに聞こえたんで」

梅治が耳に手をやった。

「二人とも聞いたんだから、間違いありませんや」

勘三郎も和した。

ここで急ぎ足でやってきた者がいた。

猫又の小六だ。

「焼けた闇道場から声が聞こえたって？」

飯屋に姿を現すなり、小六は訊いた。

「へえ。この耳でたしかに」

「間違いありませんや」

梅治と勘三郎が答えた。

「驚いたな、そりゃ」

闇道場については大いに手柄を挙げた下っ引きが言った。

「月崎の旦那につないだほうがよござんしょう」

仁次郎は水を向けた。

「そうだな。膳を食ったら奉行所へ行ってこよう」

小六は答えた。

「お願いしますよ。おいら、もうあそこを通るのはこりごりで」

梅治が首をすくめた。

「これからは近道はなしで」

松太郎が泰平に言う。

「承知で」

相棒が答えた。

そんな調子で箸を動かしていると、渡りに船と言うべきか、ちょうど南町奉行所の小者がやってきて、膳の出前を頼んだ。

八人前だ。

為吉とおすみの出前駕籠は出ていたが、すぐに戻るはずだ。届け先は京橋の千歳屋だから、さほど時はかからない。

「親分の見廻り先はおおよそ分かるんで、先に出てつないでくるわ」

小六はそう言うと、浅蜊汁の残りを啜った。

「出前駕籠にも伝えときます」

仁次郎が言った。

こうして、段取りが進んだ。

六

「まずは食ってからだな」

月崎同心が言った。

南町奉行所に出前駕籠が着いた。いまみなに膳が行きわたったところだ。

「おいらはもう食ってきたんで、あとで顔を出しまさ」

閂(かんぬき)の大五郎親分が言った。

「なら、おいらもあとで」

小六が右手を挙げた。

「おお、ちょうどいい塩梅だ」

寒鰈のみぞれ煮を食した月崎同心が言った。

「うまいですな」

「相変わらずの江戸屋の膳で」

「煮方がうまいんでしょう」

一緒に食べていた役人たちが感心の面持(おもも)ちで言った。

通常、煮魚では次の割りを用いる。

(水に酒を足したもの)八、醤油一、味醂一

さりながら、みぞれ煮ではこうだ。

（水に酒を足したもの）六、醤油一、味醂一

醤油と味醂の割りが増えるから煮汁が濃くなるが、ここに大根おろしを加えるとちょうどいい塩梅になる。さすがは手だれの料理人だ。

「飯が進みます」

「浅蜊汁がまた美味で」

「残りが少なくなるのが物悲しいですね」

ほうぼうで箸が小気味よく動いた。

そんな調子で、出前の膳はみなきれいに平らげられた。

「毎度ありがたく存じました」

おすみの明るい声が響いた。

「おお、今日もうまかったぞ」

月崎同心が白い歯を見せた。

「運んだ甲斐がありまさ」

為吉も笑顔で答える。

「帰ったらまた出前か？」

月崎同心がおすみに問うた。

「今日はちょっと運びどおしなんで、控えの巳之吉さんに代わってもらいます」

おすみが答えた。

「巳之吉にも出番をやらなきゃな」

と、同心。

「そんなわけで、またよしなに」

為吉が頭を下げた。

「おう、ご苦労さん」

月崎同心がさっと右手を挙げた。

七

「いや、そいつぁご勘弁で」

大五郎親分があわてて言った。

南町奉行所の一角にある小さな書院だ。人の耳から遠いゆえ、密談にはもってこいの場所だった。

「闇道場があったところだが、駄目か」

月崎同心が問うた。

「親分はこう見えてこいつには弱いんで」

小六が両手を胸の前で妙な具合にゆらゆらさせた。

「やめてくんな」

大五郎親分が顔をしかめる。

「なら、無理にとは言わない。人を相手の捕り物はもう終わってるんだからな」

月崎同心が言った。

「へい、勘弁しておくんなせえ。そもそも、幽霊に閂をかましたり、張り手を食らわせたりはできねえんで」

もと大門の十手持ちが言った。

「おいらは平気で。猫だましなら効くかもしれねえ」

もと猫又の手下が笑う。

「分かった。ならば、小六だけつれて行こう」

月崎同心が両手を軽く打ち合わせた。

「承知で」

小六が打てば響くように答えた。

かくして、段取りが決まった。

悪党どもの捕り物ではないから、火盗改方には何も伝えなくていいだろう。剣豪同心と小六だけで怪しい場所を検分する段取りだった。

その前に、月崎同心は再び町に出た。

行く先は浅草の浅草寺だ。

例の易者がいたら、仔細（しさい）を告げ、念のために占ってもらう肚（はら）づもりだった。

しかし、案に相違した。

易者はいるにはいたが、眼光の鋭い前の男とは似ても似つかなかった。

近くで煎餅（せんべい）が焼かれていた。

醤油のいい香りが漂ってくる。

「つかぬことを訊くが」

月崎同心は声をかけた。

「へい、何でしょう」

手際よく煎餅を裏返しながら、ねじり鉢巻きのあるじがたずねた。

「そこに目つきの鋭い易者が出ていたと思うが、代わったのか」

同心は指さした。

「前の易者さんは江戸を離れたようですよ。同じところにいるのは性に合わないそうで」

あるじはそう答えた。

「そうか。江戸を離れてしまったのか」

月崎同心は残念そうな顔つきになった。

「まもなく焼きたてができあがりますが、いかがですかい？」

あるじは如才(じょさい)なく水を向けた。

「そうだな。せっかくだから、三枚ほどくれ」

月崎同心は指を三本立てた。

「へい、承知で」

あるじはいい声で答えると、刷毛(はけ)で醤油を塗りだした。

ほどなく、煎餅が焼きあがった。

焼きたては、たしかにうまかった。

だが、そこはかとなく苦くも感じられた。

第九章　光と闇の戦い

一

日はだんだんに暮れてきた。

月崎陽之進同心は、手下の猫又の小六とともに本郷竹町へ向かった。

「まだちと早いですかね」

速足で歩きながら、小六が言った。

「そうだな。どこぞで腹ごしらえでもしていくか」

月崎同心が答えた。

「そうっすね。夜が更けねえと出ねえだろうから」

小六がいつもより小声で答えた。

本郷竹町に近い道筋に、蕎麦屋（そばや）がのれんを出していた。

月崎同心と小六は、相談と腹ごしらえがてら、蕎麦をたぐっていくことにした。まだ冷えるから、どちらもかけ、それにだし巻き玉子を頼んだ。気つけの酒も銚釐(ちろり)を一本だけ頼んだ。

「で、おいらは何をすればいいんですかい」

注文の品が来るまでに、小六が声を落として訊(き)いた。

「すぐ憶えられる呪文(じゅもん)みたいな文句がある。それをこうやってずっと唱えていてくれ」

月崎同心は軽く両手を合わせた。

「承知しました。やっぱり出ますかい」

と、小六。

「おれはこう見えても筆まめなほうで、欠かさず日録を記している。まあ大したことは書いてねえがな」

ここでまず酒が来た。

小六がすぐさまつぐ。

「その日録が?」

小六はいぶかしげに問うた。

「今日がどんな日か、日録を読み返してみて分かった」

月崎同心はそう言って、猪口の酒を呑み干した。

「何が分かったんです」

手下はさらにたずねた。

少し間を置いてから、月崎同心は答えた。

「二月前、破邪顕正流の闇道場に討ち入って、あらかた成敗している」

「すると……」

小六は何かに思い当たったような顔つきになった。

「今日はやつらの月命日だ」

月崎同心はそう告げて、少し眉根を寄せた。

二

蕎麦はなかなかのものだった。

しっかりと芯が残っているし、つゆも鰹節の風味が豊かだった。

「出たらどうします、旦那」

小六が相変わらず小声で言った。

「魔除けの観音像がある。呪文も頭に叩きこんである。あとは相対するばかりだ」

月崎同心は引き締まった表情で答えた。

蕎麦屋で一献(いっこん)傾けているうち、あたりはすっかり暗くなった。

「ならば、行くか」

同心が腰を上げた。

「へい」

小六が続く。

夜はまだ浅かった。

提灯(ちょうちん)は要るが、漆黒(しっこく)の闇でもない。

「出ますかねえ」

小六がぽつりと言った。

「夜がもっと更けてからかもしれぬ」

月崎同心は答えた。

「出なけりゃ、近場を見廻って、身をあたためておきましょうや」

小六が言った。

「おう、そのつもりだ」

剣豪同心はすぐさま答えた。

やはり、まだ早かった。

闇道場があったところへ赴いてみたが、何も出はしなかった。二か月が経っても、無残な焼け跡のまま放置されている。

月崎同心と小六はいったんその場を離れ、近場の見廻りを始めた。

風鈴蕎麦の屋台が出ていた。蕎麦屋に寄ったばかりだが、暖を取るにはちょうどいいから立ち寄ることにした。

蕎麦はあまり芳しくなかったが、あたたかいつゆがありがたかった。それを啜りながら、屋台のあるじに聞きこむ。

「近場に焼け跡があったが、知っているか」

月崎同心が訊いた。

「へい。そろそろ人が入って更地にするみたいですが」

屋台のあるじが答えた。

「そうかい。ずっと焼け跡のままじゃな」

と、同心。

「あそこで何か噂(うわさ)でも耳にしてねえかい」

今度は小六が訊いた。

「あそこは……」

あるじは少し間を置いてから続けた。

「夜更けにゃ行かねえほうがいいっていう話で」

「何か出るのかい」

ここぞとばかりに、月崎同心が問うた。

「妙な声が聞こえるそうで」

屋台のあるじはそう言って顔をしかめた。

「それは剣呑(けんのん)だな」

素知らぬ顔で同心は答えた。

屋台から離れた二人は、なおしばらく見廻りを続けた。

闇はさらに濃くなった。

月あかりがある。その光が闇の濃さをかえって際立たせていた。

月崎同心は闇の芯を見据えた。

そこはかとない予感があった。

「行くぞ」

剣豪同心が押し殺した声で言った。

「へい」

小六が答えた。

三

「うっ……」

月崎同心は短くうめいた。

闇道場の焼け跡に通じる道に入った刹那（せつな）、こめかみがにわかにうずいたのだ。

同時に、抗しがたい眠気を感じた。

闇の中から、わっと無数の見えない手が伸びてきた。

そんな気がした。

「気をしっかり持っておれ」

月崎同心は小六に言った。

「へい」

返事はいくらか弱々しかった。

さらに進むと、異変が起きた。


ていっ……。

とりゃっ……。


闇の奥から、だしぬけに声が聞こえてきた。

「旦那……」

小六が声をかけた。

提灯を持つ手がふるえる。

「臆(おく)するな」

月崎同心はそう言うと、ふところに忍ばせていたものを取り出した。

木彫りの観音像だ。


思い知れっ。

天誅(てんちゅう)！

さらに声が響く。

抗しがたい眠気を打ち払いながらなおも進むと、ふっと頭の芯が澄明(ちょうめい)になった。

視野が開けた。

月崎同心は瞬(まば)きをした。

行く手に見えたのは、焼け跡ではなかった。

以前と同じ闇道場だった。

四

「頼もう！」

剣豪同心は腹の底から声を発した。

木彫りの観音像をかざしながら、あるはずのない闇道場へと足を踏み入れる。

小六もおっかなびっくり続いた。

「来たか」

声が響いた。

道場の奥に怪しい光が見えた。

鬼火がいくつも舞っている。

それは次々に人のかたちに変じていった。

「来たか」

重ねてそう言ったのは、破邪顕正流のかしらの星月真言斎だった。

月崎同心がここで成敗し、首を斬り離したはずの男が、平然とそこに立っていた。

ただし、その体は尋常ではなかった。

燐光を帯び、妖しく輝いていた。

「冥府へ戻れ」

剣豪同心が突き付けたのは剣ではなかった。

観音像だ。

謎の易者から託された像もまた光を帯びていた。

清浄なる白い光だ。

「成敗してくれるわ。者ども、立ち現れよ」

星月真言斎の声が高くなった。

ふふふ……

ふふふふ……

闇道場に笑い声が響いた。

「うわっ」

小六が腰を抜かした。

「身を守る呪文だ」

月崎同心は鋭く命じた。

「へ、へい」

小六は座り直して両手を合わせた。

ふふふ……

ふふふふ……

笑い声が幾重(いくえ)にもかさなって響いた。

一つ、また一つと、闇の中から怪しい影が浮かびあがる。

かしらの星月真言斎ばかりではない。

権藤新之丞がいる、乾坤一擲斎がいる、坂東太郎助がいる、三日月剛太郎がいる、鬼ヶ島力丸がいる、そして、北条剣星がいる。

闇道場には、七剣士がそろっていた。

ある者は剣豪同心が成敗し、ある者は捕縛されてのちに切腹を申しつけられた。

一人残らず死んだはずの七剣士が、平然とそこに立っていた。

ただし、うつつの者ではない証(あかし)に、その影はことごとく燐光を帯びていた。

動くたびに微細な鬼火が飛ぶ。

七剣士の背後の壁に、面妖(めんよう)なものが現れた。

黒観音だ。

「目覚めよ、目覚めよ」

星月真言斎が言葉を発した。

「目覚めよ、黒観音よ。われに力を与えたまえ。常ならぬ力を与えたまえ」

破邪顕正流のかしらの声が高くなった。

懺悔、懺悔、六根 清浄……

小六は一心に同じ言葉を繰り返していた。

身を清め、怪しいものを寄せつけまいとする呪文だ。

これなら短いからすぐ憶えられるし、いくたびでも繰り返すことができる。

「目覚めよ、黒観音よ。われに力を与えたまえ。常ならぬ力を与えたまえ」

星月真言斎が繰り返す。

その声に応じて、壁いちめんに広がった黒観音が口を開けた。

それはもはや観音には程遠かった。

悪鬼のごとき形相だ。

「黒観音よ。われらはそなたに百人の贄を捧げると誓った。われら破邪顕正流に力を貸したまえ」

かしらの声に応えて、背後の黒観音が揺らぐ。

「われらの力を見せてやれ」

星月真言斎が言った。

「おう」

「思い知れ」

「天誅！」

ほかの剣士たちがいっせいに抜刀した。

燐光を帯びた怪しい剣だ。

剣豪同心に、危難が迫った。

五

いまこそ、立ち向かわねばならない。

陽月流の遣(つか)い手の顔が、ぐっと引き締まった。

あるものをしっかりと握り、迎え撃つ。

だが……。

それは剣ではなかった。

魔除けの観音像だった。

「きえーい！」

気合い一閃、真っ先に乾坤一擲斎が斬りこんできた。

剣豪同心は像を構えた。

「臨！」

凜とした声を発し、虚空を切り裂くように動かす。

「兵！」

間髪を容れず、剣豪同心は次の言葉を投げつけ、虚空を切った。

「闘！　者！　皆！　陣！　列！　在！　前！」

魔除けの観音像が小気味よく動く。

九字だ。

修験道や密教に古くから伝わる魔除けの秘法を、剣豪同心は易者から伝授されていた。

「臨！　兵！　闘！　者！　皆！　陣！　列！　在！　前！」

九字を唱えながら魔除けの観音像を動かすたびに、虚空に線が浮かんだ。

白銀に輝く清浄な線だ。

「ぐっ」

乾坤一擲斎の剣が止まった。

一刀両断にしようとした剣に、光の線が何本もまとわりついていた。

前へ進むことができない。

しかし……。

その線がふっと薄れた。

「黒観音よ、目覚めよ。いまこそ力を」

破邪顕正流のかしらの声が高くなった。

壁の黒観音がひとしきり蠢(うごめ)いたかと思うと、やにわに触手のごときものが伸びてきた。

清浄なる光の線による縛(いまし)めを解く。

「天誅！」

権藤新之丞が踏みこんできた。

「死ねっ」

坂東太郎助も続く。

「目覚めよ、目覚めよ、黒観音よ。その背後に連なる闇なる力よ、目覚めよ」

星月真言斎が面妖な印を結び、闇の芯にまで届くような声を発する。

「われに力を与えたまえ。目覚めよ、目覚めよ、名状しがたき大いなる闇の力よ」

その声がひときわ高くなった。

七剣士がわらわらと襲ってくる。

一度死んだはずの者たちが旧に復し、復讐の剣を放ってきた。

助けの者はいない。


懺悔、懺悔、六根清浄……


小六は両手を合わせ、身を守る呪文を一心に唱えている。

「うぬが命運、尽きたと知れ」

破邪顕正流のかしらが剣を上段に構えた。

「覚悟っ」

「天誅！」

七人の剣士たちは、同時に剣を振るってきた。

剣豪同心は進退きわまった。

六

「迎え撃て、光の観音よ」

剣豪同心は腹の底から声を発した。

敵の背後で蠢く、邪悪なる黒観音とは違う。

世を護(まも)る光の白観音だ。

「白観音よ、われに力を与えたまえ」

闇道場に声が響いた。

「臨！　兵！　闘！　者！」

三たび魔除けの九字を切る。

「皆！　陣！　列！　在！　前！」

秘法を終えた剣豪同心は、白観音を素早くふところに入れ、やにわに抜刀した。

剣を迎え撃つのは、やはり剣だ。

間一髪だった。

敵の闇なる剣を、剣豪同心は正しく受けた。

押し返し、袈裟懸け（けさが）に斬る。

「ぬんっ」

魂（たましい）のひと振りだ。

「ぐわっ」

権藤新之丞が斃（たお）れた。

もともと生身ではなかったその体が半分に割かれる。

「天誅！」

乾坤一擲斎が果敢に打ちこんできた。

「ていっ」

剣豪同心も踏みこむ。

両者の体が交錯した。

相打ちに見えたが、違った。

光の剣がまさった。

乾坤一擲斎は真っ二つに割られて斃れた。

身の内の深いところに観音の力が宿っていた。陽月流の達人は、なおも正義の剣を振るいつづけた。

「破邪、破邪」

面妖な動きをしながら、北条剣星が踏みこんできた。

「ぬんっ」

これは一刀で斬って捨てた。

長い首が切り離されて虚空に舞う。

「食らえっ」

今度は坂東太郎助が打ちこんできた。

難なく受け、袈裟懸けに斬る。

剣士の体は斜めに割かれた。

「何をしている。討ち果たせ」

星月真言斎が叱咤(しった)した。

「百人の贄を黒観音に捧げ、大いなる闇の力をわがものとするまで、斬って斬って斬りまくるのだ」

破邪顕正流のかしらが叫んだ。

「おう」

「天誅！」

三日月剛太郎と鬼ヶ島力丸が同時に打ちこんできた。

敵の剣は二本、おのれの手には一本。

同時に受けることはできない。

剣豪同心は、かっと両目を見開いた。

七

受けるか、かわすか。

一瞬の判断の狂いが命取りになる。

剣が峰だ。

とっさの判断で、剣豪同心は後者を選んだ。

さっと身をかがめ、三日月剛太郎の剣をかわす。

「死ねっ」

鬼ヶ島力丸が剣を突き下ろしてきた。

旧に復した道場の床を、剣豪同心は素早く転がった。

間一髪だった。

鬼ヶ島力丸の剣は、床をむなしく貫いた。

からくも窮地を脱した剣豪同心は、ただちに身を立て直した。

「来い」

正義の剣を構える。

「やってしまえ」

かしらが命じた。

「てえいっ」

鬼ヶ島力丸が踏みこんできた。

「食らえっ」

三日月剛太郎も剣を打ち下ろす。

「ぬんっ」

剣豪同心は聖剣を振るった。

正しく受け、すぐさま打ち返す。

敵の隙が見えた。

いまだ。

翔(と)ぶがごとくに、剣豪同心は踏みこんだ。

「ぐえっ」

鬼ヶ島力丸が叫んだ。

剣豪同心の一撃を受けたその顔面は、無残に斜めに斬り裂かれていた。

「おのれっ」

三日月剛太郎が怒りの剣を放つ。

敵の剣は一本になった。

ここからは一対一の真っ向勝負だ。

剣豪同心はがしっと受け止めた。

「ぬぬぬぬぬぬんっ」

そのまま押しこむ。

裂帛（れっぱく）の気合いだ。

その気合いに圧（お）された三日月剛太郎の足がもつれた。

「とりゃっ」

さらに押しこむ。

三日月剛太郎はどうとあお向けに倒れた。

剣豪同心は果断に動いた。

休むことなく、心の臓を突き刺す。

「ぐえええええええええっ！」

三日月剛太郎は絶叫を放った。

ほどなく動きが止まった。

これですべての剣士を討ち果たした。

残るは、かしらだけだ。

「覚悟せよ」

剣豪同心は刃を向けた。

だが……。

星月真言斎の顔に動揺の色は浮かんでいなかった。

「ふふふ、ふふふふ……」

不敵に笑う。

「笑うな」

剣豪同心は一喝した。

しかし、破邪顕正流のかしらの笑いは止まなかった。

そればかりではない。

ふふふ……

ふふふふ……

成敗されたばかりのむくろも笑っていた。

いや、嗤(わら)いだ。

半分に割かれた権藤新之丞が嗤っている。

真っ二つに割られた乾坤一擲斎が嗤っている。

首を切り離された北条剣星が嗤っている。

斜めに割かれた坂東太郎助が嗤っている。

顔面を斬り裂かれた鬼ヶ島力丸が嗤っている。

いま心の臓を突き刺されたばかりの三日月剛太郎が嗤っている。

「集(つど)え、闇なる者よ」

星月真言斎の声が高くなった。

「目覚めよ、目覚めよ、黒観音よ。大いなる闇の力よ」

破邪顕正流のかしらは両手を広げた。

その姿は、まるで闇の化身のようだった。
「起き上がれ、闇に集える者よ。威亞(いあ)、威亞！」
星月真言斎は面妖な言葉を発した。
その声に応じて、ありうべからざることが起きた。
成敗されたはずの剣士たち。
そのむくろが、一体ずつ起き上がってきたのだ。
心の臓を突き刺された三日月剛太郎が起き上がる。
顔面を斬り裂かれた鬼ヶ島力丸が起き上がる。
斜めに割かれた坂東太郎助が起き上がる。
首を切り離された北条剣星が起き上がる。
真っ二つに割られた乾坤一擲斎が起き上がる。
そして最後に、半分に割かれた権藤新之丞が起き上がった。
「集え、者ども。威亞、威亞！」
破邪顕正流のかしらの右手が一閃した。
威亞はこの世を統べるための呪文らしい。
「うっ、これは……」

剣豪同心は目を瞠った。

起き上がった者たちがかしらの星月真言斎の背後に集結したのだ。

そこには黒観音がいた。

悪鬼の形相の黒観音に剣士のむくろが合体し、闇なる光背のごときものに変じていく。

「目覚めよ、目覚めよ、黒観音よ、大いなる闇の力よ。威亞、威亞！」

かしらの声がひときわ高くなった。

剣士たちの腕が蠢く。

まるで闇の千手観音だ。

「闇なる力はわれにあり」

星月真言斎は勝ち誇ったように言った。

いつのまにか、闇道場の天井が高くなっていた。

いや、それはもはや天井ではなかった。

天空の深い闇へと通じていた。

「闇なる者よ、集え。威亞、威亞！」

破邪顕正流のかしらが大音声で叫んだ。

おぞましい光背のごときものが、ゆらりと崩れた。

たちまちと黒々としたものに変じる。

濁流だ。

その黒い流れは、剣豪同心のほうへいっさんに奔ってきた。

八

剣豪同心は観音像を取り出した。

闇なる力を迎え撃つには、剣では足りない。

闇を祓うものは一つしかない。

光だ。

「臨！」

剣豪同心は最初の言葉を発した。

「兵！　闘！　者！　皆！　陣！　列！　在！　前！」

必死に九字を切る。

だが……。

いくらか弱まったとはいえ、闇なる流れは激しかった。
世の根源から押し寄せる、黒い奔流(ほんりゅう)だ。
「うわっ」
剣豪同心の体はたちどころに流された。
足が離れる。
流されていく。
「闇なる力よ、ここに集え」
星月真言斎が叫ぶ。
「闇は光に勝つ。威亞、威亞！」
邪悪なる破邪顕正流のかしらが絶叫した。
流れがさらに速くなった。
もはや渦だ。
渦に巻かれ、下へ下へと引きこまれていく。
いちめんの闇だ。
もう何も見えない。
観音像を必死に握り、月崎同心はひたすら耐えていた。

耐えるしかない。
やがては底に至る。
そこから反撃に転じるのだ。

闇の流れがさらに速くなった。
もう息もできない。
瞬きすらできない。

光の観音よ。
この世にあまねく恩寵(おんちょう)をもたらすものよ。
われに力を与えたまえ。
この窮地を救いたまえ。

絶体絶命の窮地に陥った剣豪同心は一心に念じた。
やがて……。

流れが急に弱くなった。

足の感触が戻った。

ふわりとどこかに着地した。

剣豪同心は悟った。

この世の底に到達したのだ。

九

どうにか身を正すことができた。

瞬きをする。

あいまいだった視野がようやく少し定まった。

黒々としたものが這いうねっていた。

ありとあらゆる悪しきものを凝縮したような姿だ。

「目覚めよ」

破邪顕正流のかしらの声が響いた。

「目覚めよ、這いうねる混沌（こんとん）よ」

そう名を呼ぶ。

「いまこそ目覚め力を見せつけよ。威亞、威亞！」

闇の底で、絶叫がこだました。

剣豪同心は体勢を整えた。

その手に握りしめていたものを見る。

剣は清浄なる白光(びゃっこう)に包まれていた。

観音像は消えていた。どこにも見当たらない。

いや、剣を包む白い光そのものと化していた。

世に災いをもたらすもの、邪悪なるもの、おぞましきものを根源から絶つためのつるぎが、剣豪同心の手の中にあった。

観音のつるぎだ。

「目覚めよ、黒観音よ、その背後に立つ大いなる闇の者よ」

破邪顕正流のかしらがしゃがれた声で叫ぶ。

「目覚めよ、這いうねる混沌よ。われに力を与えよ。威亞、威亞！」

この世の底で這いうねるものの動きが激しくなった。

巨大な黒い蛇(へび)のごときものが鎌首(かまくび)をもたげる。

真っ赤な舌をちろちろと出したかと思うと、おぞましい這いうねる混沌は一気に襲いかかってきた。

ひるむな。

迎え撃て。

剣豪同心は観音のつるぎを構えた。

「きえーい！」

存在の芯から、気合いの声を放つ。

光と闇がせめぎ合った。

剣豪同心は、渾身の力をこめて白光に包まれたつるぎを振り下ろした。

手ごたえがあった。

げえええええええええええええええええっ！

恐ろしい絶叫が放たれる。

這いうねる混沌の動きが止まった。
次の刹那、おぞましいものは爆音とともに四散した。
同時に、光背めいたものがゆらいだ。
星月真言斎の背後に立ち、闇の巨人と化していた七剣士が崩れた。
いまだ。
剣豪同心は一気呵成（いっきかせい）に攻めこんだ。
聖剣を振るい、悪しきものを祓っていく。
「ぎゃあっ」
「ぐわっ」
観音のつるぎが一閃するたびに、悲鳴があがり、おぞましい影が消えていく。
それでも、まだ破邪顕正流のかしらの声は聞こえた。
「闇なる力よ、われに力を。威……」
剣豪同心はそこで踏みこんだ。
星月真言斎の存在の芯に向けて、鋭い突きを食らわせる。
亞、という声は放たれなかった。
代わりに響いたのは、存在の芯を貫かれた者の悲鳴だった。

ぎゃあああああああああああああああっ……

長く尾を曳く悲鳴が薄れて、消えた。

闇道場も消えた。

剣豪同心は元の焼け跡に立っていた。

懺悔、懺悔、六根清浄……

小六はなおも両手を合わせて呪文を唱えていた。

「終わったぞ」

月崎同心は声をかけた。

小六はやっと目を開け、怪しい者がいないことをたしかめると、ふっと息をついた。

剣豪同心は夜空を見上げた。

白い流れ星が一つ、闇の一角を流れていった。

手にしているものは、もはや観音のつるぎではなかった。いつものおのれの剣だった。

流れ星が消えたほうを、剣豪同心はしばし見つめていた。

そして、無言で頭を下げた。

第十章　梅見の山稽古

一

「ていっ」

「せいっ」

自彊館(じきょうかん)に気合いの声が響いていた。

剣豪同心と鬼与力がひき肌竹刀(はだしない)をまじえていた。

いつもの稽古(けいこ)だ。

「とりゃっ」

打ちこんだ月崎同心は間合いを取った。

いつもの稽古がこんなにありがたいとは思わなかった。

ひき肌竹刀をまじえているのは気心の知れた長谷川与力だ。えたいの知れない怪しの者ではない。

「えいっ」

鬼与力が面を打ってきた。

剣豪同心が受け、押し返す。

汗が飛び散る。

自彊館では、道場主の芳野東斎と師範代の二ツ木伝三郎がじっと二人の稽古を見守っていた。

このあいだの最後の戦いについては、長谷川与力には何も告げていなかった。この先も言うつもりはない。いかに言葉を尽くしても、にわかには信じてもらえないだろう。

それでいい。

「ていっ」

剣豪同心は稽古に集中した。

鬼与力は受けも攻めも強い。

しかも、まっすぐな剣だ。

それが何より清々(すがすが)しかった。邪悪なる七剣士とは雲泥(うんでい)の差だ。

なおしばし、火の出るような稽古が続いた。

両者の体が離れ、間合いができた。

「それまで」

頃合いと見た道場主がさっと右手を挙げた。

剣豪同心と鬼与力はひき肌竹刀を納めた。

そして、ていねいに一礼した。

二

稽古のあとは、例によって江戸屋で胃の腑を満たしながら一献傾けることになった。

今日の膳の顔は寒鰤の生姜焼きだ。鰤は照り焼きがうまいが、生姜を利かせたこの焼き物も美味だ。これに蛤吸いと根菜の煮物と香の物がつく。

「いつもながら、稽古のあとの飯はうまいですな」

長谷川与力が笑みを浮かべた。

「おぬしと稽古すると、ことにいい汗をかける」

月崎同心がそう答えて箸を動かした。

「それがしも同じで」

鬼与力の箸も小気味よく動いた。

ここで小六がのれんをくぐってきた。べつに何かあったわけではなく、ただ腹ごしらえに来たらしい。

「今日の鰤は生姜焼きでうまいぞ」

月崎同心が言った。

「蛤吸いも、蛤が大ぶりで実にうまい」

長谷川与力が和す。

「こういう膳を食えるだけでも江戸屋の駕籠かきになった甲斐があるんで」

「そうそう、よそじゃこういうわけにゃいかねえや」

山吹色の鉢巻きを締めた駕籠かきたちが言った。

「ああ、腹が鳴った」

小六はそう言って駕籠かきたちの近くに座った。

膳はすぐさま運ばれてきた。

「お待ちで」

おかみのおはなが盆を置く。

「待ってねえぜ」

小六が笑った。

「やることが早えから」

厨から仁次郎が言った。

小六はさっそく箸を動かしだした。

「生きていりゃこその味だなあ」

まず蛤吸いを啜り、感慨深げに言う。

「何か危ない目にでも遭ったのか」

長谷川与力が問うた。

「い、いや、そういうわけじゃねえんですが」

小六はあわてて答えた。

あの晩の記憶はとぎれとぎれにしか残っていないらしい。おのれの身を護るため、ただ一心に両手を合わせて呪文を唱えていたようだ。

闇道場があったところにはようやく片付けの男たちが入り、きれいな更地になった。やがては長屋が建つらしい。

月崎同心は念のために神主を呼び、お祓(はら)いをしてもらった。怪しい気配は、もういささかも感じられなくなった。

一件は、これで落着したのだ。

「ああ、今日の飯はことにうめえな」

小六が箸を止めて言った。

「お代わりもできますので」

おはなが笑顔で言う。

「なら、あとでちょこっとお代わりするわ」

小六が答えた。

「へえ、珍しいね」

仁次郎が厨から言う。

「親分さんなら、いつも丼飯(どんぶりめし)三杯ですけど」

弟子の吉平が笑った。

「今日は食いたい気分でよ」

小六がいい顔つきで答えた。

三

それからいくらか経った。

そろそろ梅だよりも聞かれるようになった江戸の南町奉行所に、出前駕籠が着いた。

担いでいたのは、江戸屋の為吉とおすみだ。若夫婦が担ぐ駕籠は八人前の膳を奉行所に届けた。

今日の膳の顔は味噌煮込みうどんだ。

例によって、こくのある三河の八丁味噌を用いた煮込みうどんにぷりぷりの海老天や蒲鉾（かまぼこ）などがふんだんに入っている。

これに浅蜊（あさり）がたっぷりの深川飯がつく。いつもながらの、江戸屋自慢の膳だ。

「そろそろ梅も見ごろになりますかな、月崎さま」

箸を動かしながら、下役が言った。

「まだいくらか早かろう。満開になったら、山稽古でもしようかと考えているところだ」

月崎同心は答えた。

「それもようございますね」

「それにしても、このうどんはうまい」

「いつもありがたい出前で」

評判は上々だった。

膳があらかた平らげられた頃合いに、為吉とおすみがまた姿を現した。

「今日もうまかったぞ。大好評だ」

月崎同心が白い歯を見せた。

「ありがたく存じます」

おすみが笑顔で答える。

「伝えておきますんで」

為吉も和した。

そこへ、小者に案内されて、見知らぬ若者がやってきた。

「この者がぜひ御礼にと」

手で示す。

「おれにか」

月崎同心がゆっくりと立ち上がった。

「お忙しいところ、相済みません」

若者が折り目正しく頭を下げた。

「それがし、都島新太郎と申します」

そう名乗る。

「都島……どこかで聞いた名だが」

月崎同心は軽く首をひねった。

「はい。父は都島十兵衛。神田多町で錬成館という道場を開いておりました」

奉行所を訪れた若者はそう明かした。

四

「そうか。道場を再興するのか」

月崎同心が言った。

奉行所を訪ねてきた都島新太郎を小さな書院に案内し、話を聞きはじめたところだ。

それによると、道場主と師範代を殺められ、門人たちがちりぢりになっていた錬成館の再興に、遺児の新太郎が乗り出すことになったようだ。

「はい。それがしは品川の道場で修行を積んでおり、父のもとからは離れておりました。そのあいだに、あのようなことに……」

新太郎は悔しそうに言った。

「それは無念だったな。察するに余りある」

月崎同心が気の毒そうに言った。

「四十九日も過ぎ、母や身内とも相談したのですが、このまま道場を閉じてしまうのは故人も喜ばぬのではなかろうかと」

新太郎は言った。

「そこで、再興を決意したわけだな」

剣豪同心はうなずいた。

「さようです。腕はまだ甘く、人に教える剣なのかどうか、自問自答していたのですが、ここは立つべしと」

新太郎の声に力がこもった。

「品川の道場で学んだ流派は？」

剣豪同心が問うた。

「柳生新陰流です」

背筋を伸ばしたまま、新太郎は答えた。

「おれと同じだ」

剣豪同心は白い歯を見せた。

「そうでしたか」

新太郎も笑みを返した。

「道場を再び開くまでには、まだ間があるのだろう？」

月崎同心が問うた。

「はい。まだそれがしの腕が甘いので、自信を持って再興できるかと言うと、いささか逡巡（しゅんじゅん）するところがなきにしもあらずで」

新太郎は言葉を選んで答えた。

「ならば、松川町の道場まで通う気はあるか。おれが稽古をしている自彊館という道場で、同じ柳生新陰流だ」

剣豪同心が問うた。

「さようですか。それはぜひ」

新太郎は乗り気で答えた。

「火盗改方の与力で、長谷川平次という男がいる。鬼与力と恐れられているその男と、よく稽古をしている。道場主の芳野東斎様はご高齢ゆえ型稽古だけだが、師範代の二ツ木伝三郎ともひき肌竹刀をまじえる。こちらもなかなかの腕前だ」

剣豪同心が言った。

「神田多町から鍛錬を兼ねて走って通います。磨いてやってくださいまし」

新太郎は頭を下げた。

「おれと平次の稽古は厳しいぞ」

月崎同心が笑みを浮かべた。

「覚悟の上です。どうかよろしゅうお願いいたします」

道場の再興を願う若者はていねいに頭を下げた。

五

「よし、打ってこい」

剣豪同心がひき肌竹刀を下げた。

「はいっ」

道着に身を包んだ若者がおのれに気合いを入れた。

都島新太郎だ。

道場主の芳野東斎が腕組みをして見守っている。

師範代の二ツ木伝三郎は稽古の最中だった。相手は鬼与力、長谷川平次だ。

剣豪同心は受けに徹した。しばらくは若者の剣筋を見極めることにしたのだ。

「腰で打て」

そう叱咤（しった）する。

「はい」

短く答えると、新太郎はまた面を打ってきた。

「ぬんっ」

正面から受け、押し返す。

「腕ではない。腰で打て」

剣豪同心は重ねて言った。

「はいっ」

新太郎は体勢を整え、また面を打ってきた。

すぐさまかわし、間合いを詰める。

「どうした。真剣なら斬られているぞ」

剣豪同心が言う。

「とりゃっ」

新太郎はまたひき肌竹刀を打ち下ろしてきた。

しっかりと受け、また押し返す。

「ひざをえませ。それでは打ち返せぬぞ」

剣豪同心はさらに叱咤した。

「いかがした。打ってまいれ」

またひき肌竹刀を下げる。

「えいっ」

新太郎は踏みこんだ。

しかし……。

だいぶ息が上がってきたせいか、打ちこむ面には勢いがなかった。

「ぬんっ」

剣豪同心はしっかり受けると、力をこめて押し返した。

新太郎の足がもつれた。

さらに踏みこむ。

若者はたまらず尻もちをついた。

「それまで」

道場主が右手を挙げた。

「いや」

剣豪同心がさえぎった。

「息が上がってからが稽古だ。打ってまいれ」

またひき肌竹刀を下げる。

「はい」

新太郎は立ち上がった。

「気を入れ直せ。さもなくば、錬成館は再興できぬぞ」

剣豪同心が言った。

「はいっ……とりゃっ」

新太郎はまた打ちこんできた。

なおしばらく、厳しい稽古が続いた。

新太郎の額から滝のごとき汗が流れる。

「それまで」

ややあって、道場主が再び右手を挙げた。

新太郎はがっくりと床に両ひざをついた。

精根(せいこん)尽きた若者は、肩で大きな息をしていた。

六

「稽古で汗を流したあとの飯はうまかろう」

月崎同心が笑みを浮かべた。

「まだひざが少し笑っておりまする」

都島新太郎が答えた。

自彊館の稽古が終われば、江戸屋で飯だ。もちろん、長谷川与力もいる。

「ひざは、えまさねばな」

剣術になぞらえて、剣豪同心が言った。

ひざをえます、すなわち、わずかな余裕を与えて自在に動けるようにするのは、柳生新陰流の極意の一つだ。

「その感じがいま一つ分かりかねております」

新太郎はそう答えて、鯵の塩焼きを口に運んだ。

鯵の旬はあたたかくなってからで、冬場は大ぶりなだけでいささか大味だとも言われるが、そのあたりは焼き加減といい塩で補っている。

膳にはほかに、大根菜飯と大根と葱と油揚げの味噌汁、それに沢庵が載っている。菜飯には大根の葉と皮が入っているから、身の養いにもなる。細かく切って水気が飛ぶまで平たい鍋で炒め、醬油を焦がしながら風味豊かにまぜていく。仕上げに白胡麻を振れば、江戸屋自慢の大根菜飯の出来上がりだ。

「ひざが硬ければ、自在に動かすことができぬ。すなわち、このように……」

その大根菜飯の丼を置き、鬼与力が手本を見せた。

「相手の動きに合わせて、すっすっと動かすことができれば、たちどころに打ち返せるであろう？」

長谷川与力は身ぶりもまじえて教えた。

「柳に雪折れなしと言うだろう」

剣豪同心がべつのたとえを出した。

「ああ、なるほど」

新太郎が得心のいった顔でうなずいた。

「駕籠だって、揺れるからこそ壊れねえんで」

ちょうど腹ごしらえをしていた泰平が言った。

「かと言って、揺らしすぎたら文句を言われちまうがな」

相棒の松太郎が言う。

「まあ、そのあたりはほどほどで」

泰平が笑った。

「剣術は稽古あるのみだな」

鬼与力がそう言ってまた腰を下ろした。

「ところで、道場に新たな師範代はいるのか」

味噌汁を啜ってから、月崎同心が問うた。

「いえ、とりあえずはそれがしだけで」

新太郎はやや自信なさげに答えた。

「それではいささか心もとないな」

月崎同心はあごに手をやった。

「あきんどの門人たちには声をかけ、また戻るという色よい返事をいただいているのですが」

新太郎が伝える。

「師範代もおらぬことには、同時に稽古ができませんからね」

長谷川与力が月崎同心に言った。

「そのとおりだ。次の師範代が育つまで、自彊館の若手を貸すという手もあるが」

月崎同心が案を出した。

「ああ、それが良いでしょう。手を挙げそうな者もおりますゆえ」

鬼与力はすぐさま賛意を示した。

「そうしていただければ助かります」

新太郎が頭を下げた。

「ならば、そろそろ梅も咲きだすし、山稽古で顔合わせが良かろう」

剣豪同心がそう言って、残りの大根菜飯を胃の腑に落とした。

「なるほど、山稽古を」

新太郎がうなずく。

「梅見弁当を持参でな。握り飯だけでも良いが」

月崎同心が答えた。

「いくらでもおつくりしますよ」

仁次郎が厨から言った。

「いいな、梅見」

「おいらたちも、そのうち行こうぜ」

「その前に稼がなきゃ」

若い駕籠かきたちが言った。

「では、そちらのほうで段取りを」

長谷川与力が締めくくるように言った。

七

江戸には数多くの梅の名所がある。

亀戸の梅屋敷、蒲田の梅屋敷、向島の新梅屋敷（のちの百花園）、さらに湯島天神など、桜に引けを取らないほどの名所がある。

さりながら、稽古をするにはいささか不向きだ。湯島天神は石段があるから、足腰の鍛錬はできるが、境内で稽古をしていたら人目を引く。

そこで、山梅がいくらか咲いている程度だが、品川の御殿山で行うことにした。江戸でも有数の桜の名所だが、梅の季節に訪れる者は少ない。ここなら存分に山稽古を行うことができる。

自彊館の有志は、包みと竹筒と瓢箪を提げて御殿山に向かった。

包みの中身は梅見弁当だ。江戸屋の仁次郎と吉平が腕によりをかけてつくってくれた弁当が頭数分入っている。竹筒は水だが、瓢箪はもちろん酒だ。山稽古が終われば、良さげなところで打ち上げの宴にするつもりだった。

道場主の芳野東斎は自彊館の留守を預かることになったが、ほかのおもだった面々は山稽古に顔を出していた。

師範代の二ツ木伝三郎に、剣豪同心と鬼与力、神田多町から毎日通っている都島新太郎、そのほかにいくたりか門人がいた。

そのなかに、錬成館の師範代として白羽の矢が立っている若者がいた。名を山際兵庫という。

なかなかに容子（ようす）のいい剣士で、上背もある。新太郎とは同い年らしく、早くも話が弾んでいた。

「この感じなら、うまくいきそうだな」

いくらか離れたところから見守っていた月崎同心が言った。

「兵庫は腕もあるので、ちょうどいいでしょう」

長谷川与力が答えた。

「そうだな」

剣豪同心がうなずく。

道は上りに差しかかった。山稽古に適した場所を探しながら進んでいく。

「あのあたりはいかがでしょう」

二ツ木伝三郎が手で示した。

坂を上りきったところにいくらか拓（ひら）けたところがあった。少しだけだが白い山梅も咲いている。

「良さそうだな」

月崎同心はすぐさま答えた。

「では、あそこでまず稽古を」

長谷川与力が少し足を速めた。

「新太郎と兵庫」

前を行く若者たちに、師範代が声をかけた。

「あのあたりに荷を下ろして稽古に移るぞ」

二ツ木伝三郎が行く手を指さした。

「心得ました」

新太郎が答えた。

「すぐ支度をします」

山際兵庫の白い歯がのぞいた。

八

「とりゃっ」

剣豪同心がひき肌竹刀を打ちこんだ。

竹刀袋に入れたものを背負ってここまで運んできた。いよいよこれから山稽古だ。

「ぬんっ」

鬼与力が受ける。

平らな道場の床とは違う。足場が悪いところも多々ある。足を滑らせぬように身を正しく動かしながら竹刀を振るわねばならないから、おのずと足腰が鍛えられる。

新太郎と兵庫もいくらか離れたところで稽古をしていた。師範代の二ツ木伝三郎はほかの門人と相対している。山梅が咲く御殿山のそこここで気合いの声が響いた。

「面ッ」

新太郎が踏みこんだ。

兵庫ががしっと受け、押し返す。

そのうち、新太郎の足が滑った。

「うわっ」

体勢を崩した新太郎は、思わず斜面に手をついた。

「大丈夫か」

兵庫が気遣(きづか)う。

「面目（めんぼく）ない。大丈夫だ」

新太郎はそう言って立ち上がった。

なおしばらく稽古は続いた。

「梅のところまで走って素振りをするか」

剣豪同心が山梅をひき肌竹刀で示した。

「承知で」

鬼与力が打てば響くように答えた。

「よし、行くぞ」

「おう」

二人はひき肌竹刀を手にしたまま、勢いよく斜面を駆け上がりはじめた。

日ごろから鍛錬している。さほど息を切らすこともなく白梅の木のところまで駆け上がると、月崎同心は振り向いた。

「おお、海が見える」

剣豪同心が声をあげた。

御殿山の高いところから、光を弾く品川沖の海が見えた。

「上ってきた甲斐がありましたな」

鬼与力がそう言って、額の汗をぬぐった。

「おーい」

月崎同心が若い剣士たちに声をかけた。

「ここまで上ってまいれ。海が見えるぞ」

そう言って海のほうを手で示す。

「ならば、弁当はそちらで食しますか」

師範代が訊いた。

「そうだな。少し型をさらってから、ここで食おう」

月崎同心が答えた。

「では、そちらへ運びます」

新太郎が動いた。

「こけないように気をつけねば」

兵庫も続く。

ややあって、梅見弁当も酒も見晴らしのいい場所へ移された。

九

型稽古が終わると、海を見ながらの梅見の宴になった。

「これはまた凝った飯ですね」

新太郎が満足げに言った。

「ほぐした梅干しに釜揚げのしらす、刻んだ大葉に白胡麻。風味豊かで彩りもいい」

月崎同心がそう言って箸を動かした。

「さすがは江戸屋の弁当で」

長谷川与力も続く。

「瓢型のだし巻き玉子がまたうまいです」

二ツ木伝三郎が笑みを浮かべた。

「小鯛の塩焼きがまた絶品で」

山際兵庫の端整な顔がほころんだ。

「梅と海、これよりないほどの絶景だな」

月崎同心が目を細めた。

「いい天気でようございました」

長谷川与力が和す。

根菜の煮物に青菜のお浸し。梅見弁当は脇役に至るまでどれも美味だった。

「まあ、呑め」

「恐れ入ります」

月崎同心が新太郎に酒をついだ。

錬成館の道場主になる若者は、恐縮しながら受けた。

「兵庫も呑め」

今度は山際兵庫につぐ。

「はっ」

若き剣士が受けた。

「悪しきことが起きてしまっても、次は必ず良きことが起きる。ともに力を合わせて、錬成館を再興してくれ。それが何よりの供養(くよう)だ」

剣豪同心が言った。

「懸命につとめます」

新太郎が引き締まった表情で答えた。

「どうかよろしゅうに」

今度は兵庫が酒をついだ。

「こちらこそ、よろしゅう頼む」

新太郎は笑みを浮かべて受けた。

「ああ、よい風だ」

月崎同心はそう言って、湯呑みの酒を啜った。

「春には桜で満開になりますな」

あたりを見て、長谷川与力が言う。

「道場もいい花を咲かさなければ」

新太郎が言った。

「その意気だ」

剣豪同心は頼もしげにうなずいた。

終章　わらべ駕籠

一

はあん、ほう……。

はあん、ほう……。


先棒と後棒の声がそろう。

普通の駕籠のようだが、様子はいささか違った。

「こりゃまた、かわいい駕籠だね」

通りかかった隠居風の男が目を細くした。

「駕籠の稽古かい。大きくなったら、きょうだい駕籠だな」

べつの男が笑って言った。

「うん。つくってもらったんだよ」

先棒が得意げに言った。

飯屋のわらべの義助だ。

「お兄ちゃんと一緒に稽古してるの」

後棒のおはるが言った。

わらべ用の小さな駕籠をきょうだいで担いでいる。遠くまでは行かない。自彊館（じきょうかん）の前まで行っては引き返してくるだけだ。

「気張ってやりな」

「仲が良いことだね」

わらべたちに声がかかった。

「ちょっと休もうよ、お兄ちゃん」

おはるが言った。

「そうだな。のどが渇いた」

義助は足を止めた。

駕籠を下ろし、腰に提げた竹筒の水を少し呑む。

「おまえも呑むか？」

妹に訊く。

「うん」

おはるはうなずいて手を伸ばした。

そんな調子のやり取りをしているところへ、閂の大五郎親分が通りかかった。

「おっ、駕籠屋を始めたのかい」

笑って言う。

「稽古してるだけで」

義助が答えた。

「いや、もう客が乗ってるぜ」

大五郎親分が指さした。

「わ、いつのまに」

おはるが目をまるくした。

地面に下ろしてあった空駕籠に、飯屋の猫のさばがちゃっかり乗りこんでいた。

何か御用かにゃ、という顔で見ている。

「せっかくだから運んでやんな。おいらだったら無理だがよ」

大五郎親分が腹をぽんとたたいた。

「なら、ちょっとそこまで」

義助が自彊館のほうを手で示した。

「行きますよ、お客さん」

おはるが猫に言った。

二

はあん、ほう……。

はあん、ほう……。

調子を合わせて、猫の客を乗せたわらべ駕籠が進んでいく。

向こうから出前駕籠が帰ってきた。

担いでいるのは、為吉とおすみだ。

「あっ、話には聞いてたけど」

為吉が驚いたように言った。

「わあ、さばが乗ってるのね」

おすみが笑った。

京橋の千歳屋へ出前を届けた帰りだ。鰻ばかり食べていたあるじだが、すっかり江戸屋の出前の常連になった。

今日は深川飯と鰤大根、それに春の香りがする若竹と若布の吸い物がつく。江戸屋自慢の膳だ。

「きょとんとしてるけど」

後棒のおはるが言った。

「駕籠屋の猫のはあんも乗せてやろうよ」

と、義助。

「無理に乗せても嫌がるぞ」

為吉が言った。

「さばは乗せたの？」

おすみが訊いた。

「勝手に乗ってきたの」

おはるが答えた。

「いいわね」

おすみが猫に言った。

相変わらず、さばはきょとんとしている。

ここで松太郎と泰平の駕籠も戻ってきた。

「おっ、わらべ駕籠だな」

「客は猫かよ。軽くていいな」

「銭は持ってねえけどよ」

「猫が持ってたらびっくりだ」

若い駕籠かきたちが掛け合う。

「そろそろ終わる？　お兄ちゃん」

おはるがたずねた。

「疲れてきたか？」

義助が妹を気遣（きづか）った。

「うん」

おはるがうなずく。

「なら、駕籠屋へ戻ろう」

義助が言った。

「気をつけて戻んな」

「わらべ駕籠は見世(みせ)に置いとくんだろう?」

松太郎と泰平が声をかけた。

「ここだと邪魔だから」

江戸屋の駕籠の置き場の前で、義助は足を止めた。

「よし、引き返すぞ」

「うん」

猫を乗せたわらべ駕籠はゆっくりと引き返していった。

三

「ちゃんと稽古したか?」

甚太郎がわらべたちにたずねた。

「うん、お客さんも乗せたから」

義助が答えた。

「お客さん?」

駕籠屋のあるじはいぶかしげな顔つきになった。

「猫だけど。さばが勝手に乗ってきたの」

おはるが伝えた。

「そう。猫なら軽くていいわね」

おかみのおふさが笑みを浮かべた。

「おめえら、でも、駕籠屋じゃなくて飯屋の子じゃねえか。飯屋のほうは手伝わねえのかよ」

駕籠屋で茶を呑んでいた大五郎親分が訊いた。

「まあ、そのうち」

おはるがやや大人びた返事をした。

「駕籠を担ぐほうが恰好いいから」

義助が言う。

「包丁人だって恰好いいぞ。おめえは跡取りなんだから」

甚太郎が言った。

「なら、おのれでつくって、出前駕籠で運ぶ」

義助はそう言い直した。

「おう、それならいいや」

　甚太郎は笑みを浮かべた。

「包丁の修業はしてるのかい」

　大五郎親分がたずねた。

「これから、ぼちぼち」

　と、義助。

「寺子屋もあるから」

　おはるが兄をかばった。

「そうね、ちょっとずつやればいいわ」

　おふさが笑みを浮かべた。

「うんっ」

　義助は元気よくうなずいた。

四

　見廻りに出た大五郎親分と入れ替わるように、月崎同心がやってきた。

「今日はこれから神田多町まで出かける。錬成館が再開するので、祝いの稽古だ」

剣豪同心は軽く面を打つしぐさをした。

「自彊館から師範代を出すんでしたね」

甚太郎が言った。

「そうだ。山際兵庫はもう神田に長屋を借りて通う支度が整っている」

月崎同心が答えた。

「なら、安心で」

駕籠屋のあるじが言った。

「今日は長谷川さまも稽古に？」

おふさが問うた。

「いや、平次は忙しいようだ。そもそも、このあいだ品川の御殿山へ梅見がてら山稽古へ行ったばかりだからな。そうそう一人で動くわけにもいくまい」

月崎同心は答えた。

「おつとめが一番ですからな」

甚太郎が言った。

ここで飯屋で修業中の吉平が大きな包みを提げて入ってきた。

「お待たせいたしました」

吉平は包みを少しかざした。

「おう、すまねえな」

月崎同心が受け取った。

「それはお弁当で？」

おふさがたずねた。

「いや、祝いの赤飯だ。昨日、小六につなぎを頼んでおいた」

同心は笑みを浮かべた。

「飯屋は赤飯もうめえから」

甚太郎が言う。

「よそとひと味違うからな」

月崎同心は白い歯を見せた。

「なら、行ってくる。ちょうど鍛えになる」

剣豪同心は大きな包みを持って立ち上がった。

「お気をつけて」

「行ってらっしゃいまし」

江戸屋の夫婦に見送られて、月崎同心は表に出た。

わらべ駕籠が見世先に置かれていた。

担ぎ棒に引き札がくくりつけられている。

わらべから
としよりまで
かごは　江戸屋

飯屋のきょうだいの稽古のためにこしらえたものだが、使わないときにはこうして宣伝にひと役買っていた。

もう一つ、わらべ駕籠の役目が加わった。

「ちょうどいいな」

その光景を見た月崎同心が笑みを浮かべた。

わらべ駕籠の中で、さばとはあん、二匹の猫が仲良くまるまって寝ていた。

五

「では、錬成館の道場再開を祝して、皮切りの稽古を行う。いざ」

剣豪同心がひき肌竹刀を構えた。

「はっ」

若き道場主の都島新太郎が気の入った顔つきで答えた。

師範代の山際兵庫を筆頭に、道着をまとった門人たちが勢ぞろいしている。

憎むべき破邪顕正流の剣士どもに道場主と師範代を殺(あや)められ、しばらくの休みを余儀なくされていたが、いまこうして復活した。

知らせを聞いた門人たちは戻ってきた。道場の目立つところには大きな酒樽(さかだる)が置かれている。あきんどの門人が再開を祝して差し入れてくれたものだ。門人には裕福な者が多いから、今後も心配はないだろう。

「打ってまいれ」

剣豪同心がうながした。

「はっ」

新太郎がひき肌竹刀を構え、面を打ちこんできた。

「面ッ」

剣豪同心が正面から受けて押し返す。

師範代の山際兵庫はあきんどの門人と稽古を始めていた。

「打ってきなされ」

兵庫の声が響く。

「はっ」

あきんどが打ちこむ。

「もっと腰を入れて」

兵庫がすかさず言った。

歯の浮くような世辞を述べるような若者ではない。まじめ一方だが、それだけに錬成館には張りつめた気が漂っていた。

「ひざをえませ、新太郎」

今度は月崎同心が言った。

「はい」

新太郎がいい声で答えた。

「休むな。打ちこんでこい」

剣豪同心はひき肌竹刀を下段に構えた。

「とりゃっ」

新太郎が踏みこむ。

「ぬんっ」

正しく撥(は)ね上げると、剣豪同心は間合いを詰めた。

「面ッ」

新太郎がまた打ちこんできた。

いくらか遠回りはするが、気持ちのいい剣筋だ。

門人たちが見守るなか、若き道場主はなおも稽古に励んだ。

汗が飛び散る。

そのうち、肩で息をつくようになった。

「よし、これまで」

剣豪同心はひき肌竹刀を納めた。

新太郎はふっと息をつき、深々と一礼した。

六

稽古で汗を流したあとは、道場の床で車座になって祝いの宴となった。

奥のほうに据えられた白木の三方(さんぽう)には、酒器とするめなどの肴(さかな)が載っていた。非業の死を遂げた前の道場主と師範代の陰膳だ。新太郎の亡き父もまた、さりげなく宴の場に加わっていた。

「江戸屋自慢の赤飯だ。取り分けて食おう」

月崎同心が包みを解いた。

「手前が頼んだ鯛の姿盛りもございますので」

あきんどの門人が手で示した。

「これはまた見事ですね」

山際兵庫が白い歯を見せる。

「上等の下り酒もご用意しましたので」

べつのあきんどが酒樽のほうを指さした。

裕福な門人がこれだけいれば、この先もうまくやっていけるだろう。

月崎同心は頼もしく思った。

「この赤飯はうまいですね」

新太郎が感心したように言った。

「ささげがふんだんに入っているだろう?」

月崎同心が言う。

「はい。ぷっくりとしていてうまいです」

若き道場主は笑みを浮かべた。

「ああ、鯛もうまい」

兵庫が満足げに言う。

「まさに、めで鯛かぎりで」

門人がそう言ったから、錬成館に和気が漂った。

ややあって、新太郎が立ち上がり、奥の陰膳に向かった。

両手を合わせてから酒器の酒を少し呑み、新たな酒をつぐ。

そしてまた手を合わせる。

思わず粛然（しゅくぜん）とするようなしぐさだった。

「見守ってくれているからな」

月崎同心はやさしい声をかけた。

「はい」

感慨深げな面持ちで、新太郎はうなずいた。

「おのれを正しく持していれば、必ずやみなが助けてくれる。前を向いて、一歩ずつ進んでいけ」

剣豪同心はそう励ました。

「できるかぎりの助けはしますので」

「気張ってくださいまし」

門人たちが言う。

「それがしも微力を尽くします」

師範代がいい笑顔を見せた。

「この先も、どうかよしなに」

若き道場主が引き締まった顔つきで頭を下げた。

七

道場再開の祝いの宴は無事終わった。

「本日はありがたく存じました」

見送りに出た新太郎が深々と一礼した。

隣には師範代の兵庫もいる。

「この先も、力を合わせて気張ってやれ」

月崎同心は風を送るように言った。

「はい」

「気張ってやります」

若い剣士たちの声がそろった。

「たまには自彊館にも顔を出せ」

剣豪同心は笑みを浮かべた。

「錬成館が休みの日には、松川町まで走ります」

新太郎が腕を振って見せた。

「また山稽古なども」

兵庫が言う。

「おう、望むところだ」

剣豪同心はいい顔つきで答えた。

錬成館を辞した月崎同心は見廻りに戻った。

破邪顕正流の跳梁（ちょうりょう）などもあり、一時は不穏な気が漂っていた江戸の町だが、このところは穏やかだ。

えー、大福餅（だいふくもち）……

大福餅はあったかい……

振り売りがよく通る声を響かせながら通り過ぎていく。

だいぶあたたかくなってきたとはいえ、まだまだ冷える。大福餅の出番はしばらく続きそうだ。

「いい風だな」

月崎同心は御堀のほうへ歩を進めた。

吹く風はだんだん春らしくなってきた。

このあいだ山稽古でかそけき梅見物をしたが、そのうち桜が咲くだろう。

江戸のほうぼうで花見の宴が催される。人々が花を愛でながら酒を呑み、料理に舌鼓を打つ。

いろいろあったが、世の安寧は保たれている。

「次は花見がてらの稽古か」

剣豪同心はそう独りごちると、剣を振り下ろすしぐさをした。

それに応えるかのように、御堀の水が日の光を受けて鮮やかに輝いた。

[参考文献一覧]

『一流料理長の和食宝典』（世界文化社）
田中博敏『お通し前菜便利集』（柴田書店）
田中博敏『旬ごはんとごはんがわり』（柴田書店）
荒井慶子『和食レッスン』（グラフ社）
畑耕一郎『プロのためのわかりやすい日本料理』（柴田書店）
『一流板前が手ほどきする人気の日本料理』（世界文化社）
『人気の日本料理2 一流板前が手ほどきする春夏秋冬の日本料理』（世界文化社）
野﨑洋光『和のおかず決定版』（世界文化社）
おいしい和食の会『和のおかず【決定版】』（家の光協会）
鈴木登紀子『手作り和食工房』（グラフ社）
『復元・江戸情報地図』（朝日新聞社）
西山松之助編『江戸町人の研究 第三巻』（吉川弘文館）

コスミック・時代文庫

人情めし江戸屋
死闘七剣士

2022年5月25日　初版発行

【著 者】
倉阪鬼一郎

【発行者】
杉原葉子

【発 行】
株式会社コスミック出版
〒154-0002 東京都世田谷区下馬6-15-4
代表　TEL.03(5432)7081
営業　TEL.03(5432)7084
FAX.03(5432)7088
編集　TEL.03(5432)7086
FAX.03(5432)7090

【ホームページ】
http://www.cosmicpub.com/

【振替口座】
00110-8-611382

【印刷／製本】
中央精版印刷株式会社

乱丁・落丁本は、小社へ直接お送り下さい。郵送料小社負担にて
お取り替え致します。定価はカバーに表示してあります。

ISBN978-4-7747-6378-1 C0193